赤川次郎

花嫁をガードせよ！

実業之日本社

実業之日本社文庫

目次

花嫁をガードせよ！

プロローグ 7
1 空白の時 13
2 見舞客 32
3 夜の訪問者 44
4 後ろ姿の男 58
5 光る汗 74
6 母と私 89
7 刻印 104
8 救われて 117

花嫁は日曜日に走る

プロローグ 133
1 泥の人形 143
2 予想外 150
3 火事 161
4 友情 172
5 目撃 185
6 先輩 200
7 距離 216
8 背信 233

花嫁をガードせよ！

プロローグ

今日に限って……。

「ああ、寒い！」

これでも四月？

西脇仁美《にしわきひとみ》は文句を言いながら――ただし心の中だけで――M署の交通課へと入って行った。

「おはようございます」

と、課長の正木《まさき》に声をかける。

「やあ、ちょうど良かった」

と、禿《は》げ上った額の正木は顔を上げた。

「は？」

「すまんが、整理に出てくれ」

「え？　私、今日は内勤ですけど……」

「急なことなんだ」

と、正木は言った。「向いのNビルの正面玄関だ。今からすぐ行ってくれ」

「でも……」

と言いかけたが、命令では仕方ない。「分りました。なにかイベントでも？」

楽しいイベントでもあって、通行人の整理をしながら見物できるというのならまだいいが――。

「午前十時に、蔵本泰造《くらもとたいぞう》議員が来る」

「蔵本……。ああ、次の大臣とか言われてる……。何の用なんですか？」

「知らん。そこまでは聞いてない」

正木は肩をすくめて、「向うで聞いてくれ」

「はい……。すぐ出ないといけないんですね？」

未練がましく訊《き》いたのは、ゆうべ、コートを汚してしまい、今朝は春と思えない寒さの中、コートなしで出勤して来たからだった。

「まあ……五分ぐらいしてからでいい」

すぐ行けって言ってるのと同じだ！

「じゃ、行って来ます」

「頼むぞ」

正木はそう言うだけで、もう仁美の方を見てもいなかった……。

仕方なく、交通課の制服に着替えると、仁美は急ぎ足でM署を出て、ちょうど向いにある四十階建の高層ビルへと向った。

真向いだから、広い通りを真直《まっす》ぐ突っ切ればいいのだが、横断歩道がない。まさか警官が歩道のない所を横断するわけにもいかず、何十メートルも離れた信号の所まで遠回りする。

北風が冷たく、スカートの中にまで吹き込んで来た。

「今日に限って……」

つい、グチがこぼれる。

西脇仁美は二十八歳。今の交通課で、もう四年になる。

「午前十時ね……」

そうだ。夜の十時には、彼と待ち合せている。そう思い付くと、風の冷たさも──少しも、とは言えないまでも──あまり気にならなくなった。

「彼」とは、仁美の婚約者、折尾《おりお》修二《しゅうじ》。S新聞の記者だ。今、三十一歳。

西脇仁美は、折尾修二と婚約して一年になる。本当なら、もう半年前に式を挙げているはずなのだが、折尾が突然の出張取材で海外へ三か月も行くことになり、延期せざるを得なかったのである。

しかし、もう折尾も帰国して、デスクのポストについた。安心して挙式の日を決められる。

その打ち合せを、今夜の十時に会ってすることになっていた。

夜の十時とは、普通のデートには遅い時刻だが、新聞記者という仕事上、仕方ない。

ともかく、少し軽い足どりで、仁美は横断歩道を渡って行った。

「何だか、やけにパトカーや警官がいるじゃない？」

と言ったのは、神田聡子《かんださとこ》。

「誰か来るんじゃない？」

と、塚川亜由美《つかがわあゆみ》は言った。

二人は同じ大学の親友同士。今日は銀座《ぎんざ》の画廊に美術展を見に行くところである。

Nビルの前を通ろうとすると、

「恐れ入ります。ちょっと待って下さい」

と、女性の警官に止められた。

「ワン」

と、抗議したのは、亜由美の足下について来ているダックスフント。

その名も〈ドン・ファン〉。亜由美にとっては、心強い相棒である。

「まあ、すてきな犬」

と、その女性警官はドン・ファンを見てニッコリ笑った。

美人というより、愛嬌《あいきょう》のある顔立ちの女性である。

「私も結婚したら犬、飼いたいわ」

と、その女性が言った。

「あの……」

「すみません！　車が今、正面に着くので、少しお待ち下さい」

「誰か来るんですか？　芸能人とか」

と、神田聡子が訊く。

「聡子、芸能人で警官出ないでしょ」

「すみません、すぐですから。——あ、あの車ですね」

先の角を曲って、黒塗りの乗用車がやって来た。Nビルの玄関前には車寄せがないので、車は車道の端に寄せて停《と》まった。

運転手がドアを開けると、降りて来たのは、三《み》つ揃《ぞろ》いの紳士。

「蔵本泰造だ」

と、聡子が言った。

1　空白の時

ほんのわずかの間だったが、歩道には、何十人か、人がたまっていた。

西脇仁美は、

「すみません、すぐですから」

と、くり返していた。

蔵本泰造は、車を降りると、ちょっと息をついて、Nビルの玄関へと歩き出した。

すぐ後ろをついて行くのは、紺のスーツの男性。仁美にはSPだと分った。

蔵本は国会議員だが、まだ大臣というわけではない。それでいてSPがつくのは異例だろう。

今、蔵本が注目を集めているのは、保守の政治家でいながら、今の政権を正面から批判しているからである。

五十八歳にしては若々しい印象で、知的な雰囲気の蔵本は、女性に人気がある。

保守党の中でも、その蔵本の人気は無視できないのだろう、党の幹部に平然と盾突いても、そのこと自体に文句は出なかった。

蔵本が歩道を横切って行く。

仁美は本当なら、止めている歩行者の方を向いていなくてはならないのだが、このとき、なぜか蔵本を目で追っていた。

Nビルの正面玄関には、制服の警官が二人立っていた。蔵本を出迎えるらしいスーツの男性がNビルから出て来た。

蔵本があと数メートルでNビルの正面玄関に着くというとき——三段の階段を上って行く。

そのとき、歩行者の中から男が一人、パッと飛び出した。そして、

「蔵本！」

と叫ぶ。

蔵本が足を止め、男の方を振り返った。

革ジャンパーの男は、拳銃を手にしていた。銃口が蔵本へ向く。

何も考えていなかった。仁美は気が付くと、蔵本の方へ走っていたのだ。

とても間に合わない、と思った。しかし、男はしっかり蔵本に狙いをつけようと

するのか、一瞬間が空いた。

その間に、仁美は蔵本と銃口の間へ飛び込んだ。銃が発射されて、銃声がビルの谷間に響いた。

弾丸は仁美の脇腹に当った。血が飛んで、仁美はそのまま階段の上に倒れた。

撃った男は、一瞬愕然《がくぜん》とした。蔵本も立ちすくんでいる。

男がもう一度銃を構えて、引金を引こうとしたとき——。

ドン・ファンが猛然と駆けつけて、男の脚にかみついたのである。

男はよろけて、銃は発射されたが、弾丸は歩道に当って弾《はじ》けた。

玄関の前にいた警官二人が駆けて来て、男に飛びかかった。

「やめろ！」

と、男が怒鳴った。「こんなはずじゃ——」

亜由美は、SPらしい男が、やっと我に返ったように駆け出して行くのを見た。

「遅い！」

と、聡子が言った。「何やってんの！」

「ドン・ファン！」

亜由美は走って行った。

辺りは騒然としていた。Nビルから出て来た男が、急いで蔵本をビルの中へと連れて行く。

「ドン・ファン！　大丈夫？」

と、亜由美が駆け寄る。

「ワン！」

「よくやった！」

亜由美はそう言って、倒れている女性の方へ振り向いた。

血に染って、ぐったりしている。

「しっかりして！――救急車！」

亜由美は思い切り大声を出した。

しかし、その場に居合せた人たちは、ただボーッとしているだけ。中にはケータイを取り出したはいいが、倒れている女性を撮っていたりして、亜由美は腹が立って、怒鳴りつけそうになった。

そこへ聡子がやって来て、

「今、救急車、呼んだ」

「ありがとう。さすが聡子」

「何しろ、誰かのおかげで、年中危い目にあってるからね」

「何よ、それ」

と、ちょっとにらんで、「出血、止めないと。押えるもの、ない？」

「私のスカーフでも？」

「貸して」

亜由美は出血している傷にスカーフを丸めて押し付けた。痛みで気付いた女性は、

「あ……。蔵本さんは……」

と、かすれた声を出した。

「大丈夫ですよ。蔵本さん、無事でした」

と、亜由美が答えると、

「良かった……」

と、息をつく。

「すぐ救急車が来ますからね」

「私はどうでも……」

「どうでも良くないですよ！　手当しないと」

「そうでした……。ああ、今夜、行けない……」

「今夜？」

「彼と十時に待ち合せて……結婚式の日取りを決めるはずだったのに……。これじゃいけない……」

「仕方ないですよ。分ってくれます」

「お願い……。彼に……今夜は行けないって……」

「彼って、誰ですか？　何ていう人？」

「折尾……修二……。私のポケットにケータイが……」

「分りました」

制服のポケットからケータイを探し出すと、着信履歴に〈折尾修二〉とあるのを見て、

「連絡しときますよ。大丈夫」

「ありがとう……」

と、ホッとした様子で、「何だか……目の前が暗くなって……」

「しっかりして！」

聡子が苛々《いらいら》と、

「早く来ないかしら……」

と、立って見回していたが、「——来た！」

救急車のサイレンが近付いて来た。

縁もゆかりもない亜由美たちだが、結局救急車に亜由美が乗って行くことになった。

聡子はドン・ファンと一緒に塚川家へ先に帰ることにしたのである。

「どうせこういうことになるのよね……」

救急車の中で、亜由美はこぼした。

病院まで十五分。——名前が西脇仁美というのだと知ったが、ともかく病院へ運ぶのが先で、病院へ任せたら折尾修二という彼に連絡しようと思った。

すると、途中でケータイがなって、

「もしもし！」

「はい？　西脇仁美さんのケータイです」

「あの……西脇君は……」

亜由美は、かけて来たのが、仁美の上司の正木という課長と知って、状況を簡潔に伝えた。

「――やっぱり西脇君でしたか」

と、正木という男は言った。「事件のことを聞いて心配していたんです」

「今、N大病院へ向っています」

「そうですか。あの……あなたは？」

亜由美が、「ただの通行人」だったこと、成り行きでついて来たことを話すと、

「ありがとうございます！」

と、正木は言った。

「誰か病院へよこしてもらえますか？」

「もちろんです！　私が駆けつけます！」

「よろしく」

亜由美はとりあえずホッとした。

救急車が病院に着いたら、早々に引きあげよう。

「もうすぐですよ」

と、亜由美は、聞こえていないだろうと思いつつ、西脇仁美に声をかけていた。

N大病院に着くと、連絡が入っていて、すぐに仁美はストレッチャーに乗せられ、緊急手術のために運ばれて行った。

ともかく、弾丸を取り出さなくてはならないのだ。

体内での出血の具合によっては命の危険がある、と医者に言われたが、亜由美としては何とも言いようがない。

正木が来るのを待って、帰ることにしようと決めると、手に付いた血を洗い落とそうと、トイレに入った。

「――どうしてこう、物騒なことばっかりに出会うんだろ」

手を洗いながら、ブツブツ言っていると、またケータイが鳴った。仁美のケータイだ。

「――もしもし？」

「仁美！　大丈夫か？」

と、焦った口調の男の声。

「あの、折尾さんですか？　折尾修二さん？」

「そうですが……」

「今、西脇さんはN大病院で手術中です」

息を呑《の》む気配があって、

「やっぱり！　彼女だったんだ！」

「もしもし？」

「――すみません。僕は折尾です」

「西脇さんが、あなたに連絡してくれと言ってました。今夜は行けないと伝えてくれと」

亜由美がいきさつを話すと、

「何てことだ……。仁美は交通課の人間なのに」

と、折尾はため息をつくと、「すぐ病院へ向います」

「そろそろ、正木さんという方が来ると思うので、その人にこのケータイを預けます」

「申し訳ありませんでした。関係のないあなたに……」

「人助けが趣味でして」

と、亜由美は言った。「どうして事件のことを知ったんですか?」

「僕はS新聞の記者なんです。蔵本さんが撃たれそうになったというニュースはすぐ入って来たんですが、女性が代りに撃たれたという投稿があって。動画で、倒れてる女性が映ってたんですが、それが仁美とよく似ていたので……。まさかとは思いましたが」

「心配ですね。——では私はこれで」

ケータイを切って、亜由美はともかくひと息ついた。

ちょうどそこへ、駆けつけて来た背広姿の男性がいて、

「正木さんですか?」

と、声をかけた。

「塚川さん? いや、ご迷惑をかけて」

「いえ、今手術中ですが……。きっと大丈夫ですよ」

亜由美は、仁美のケータイを正木に渡して病院を出ようとした。

玄関を出ると、新聞社の旗を付けた車が何台もやって来て停り、記者やカメラマンがドッと出て来て、病院の中へと駆け込んで行った。

亜由美はちょっと眉をひそめて、

「病院ではもっと静かに」

と呟《つぶや》いた……。


「あれは、どう見てもあんたね」

と、母、塚川清美《きよみ》はTVを見て言った。

「そうだって言ってるじゃない」

と、亜由美は夕飯を食べながら、「別に悪いことしてるわけじゃないからいいでしょ」

「本当の手柄はドン・ファンのものだな」

と、父、塚川貞夫《さだお》が言った。「お前はすべてが終ってから駆けつけている」

「仕方ないでしょ！　私はボディガードじゃないわよ」

——あのとき、足止めされていた歩行者の一人が、車から降りて来た蔵本をずっと動画で撮っていて、狙撃される一部始終がネットに出ていたのである。

当然、代りに撃たれることになった西脇仁美も、犯人の脚にドン・ファンがかみつくところも映っている。

駆けつけた亜由美も映っているが、顔が見えていない。

「騒がれなくて助かったわ」

と、亜由美は言った。

「それにしても……」

と、清美が、くり返しTVのワイドショーで流される映像を見て言った。「SPは何してたの？」

その点は、亜由美も同感だった。

「何だかボーッとしてたのよ」

と、亜由美は言った。

SPは、守るべき相手のそばにぴったりくっついていなければ意味がない。しかし、あのとき、Nビルへと向う蔵本からずいぶん遅れていた。

もちろん、「そばにいる」といっても、人間である。そういつも「一メートル以内」にいられるわけじゃないだろう。

しかし、あの犯人が蔵本を狙ったとき、西脇仁美が飛び込んで間に合ったのに、その道のプロであるSPが遅れをとったのは……。

「――そうだ」

と、亜由美は思い出して言った。「あの犯人、警官に取り押えられたとき、変なこと言ってた」

「変なことって？」

と、清美が訊いた。

「うん……。『こんなはずじゃなかった』とか何とか。――確か、そんなこと言ってたわ」

「失敗したってことなんでしょ」

「それはそうだろうけど……」

亜由美は、あの場の犯人の様子を見ている。あの男が、「こんなはずじゃ」と言ったとき、男は意外そうだった。

予期していないことが起った、という様子だった。もちろん、一発で仕止めるつもりが、西脇仁美に邪魔されてしまったのは事実だ。

しかし、あのときの言い方は、むしろ「予定が狂った」と言っているように聞こえたのだ。どこがどう違うかと言われれば、答えられないが。

食べ終ってお茶を飲んでいると、玄関のチャイムが鳴った。

「――まあ、いらっしゃい」

清美がニコニコしながら案内して来たのは、亜由美も親しい――というか、いつも事件に巻き込まれる度、顔を合せる殿永《とのなが》部長刑事の大きな体だった。

母、清美のメール友達でもある。

「亜由美さんですね。あの姿は」

と、口を開くなり言った。

「分ります？」

「もちろんですよ。しかも、そこの名犬ドン・ファンまで映っていてはね」

床で寝そべっていたドン・ファンはプイとそっぽを向いてしまった。

「殿永さん、ドン・ファンを『名犬』と言っちゃだめですよ。本人が自分を犬と思ってないんだから」

「なるほど。これは失礼」

と、殿永は笑った。

「コーヒーをいれましょうね」

清美も殿永にはサービスがいい。

居間でコーヒーを飲みながら、

「あの犯人の身許《みもと》って、分ったんですか?」

と、亜由美は訊いた。

「ええ。三谷直也《みたになおや》という男です。ただ、名前や住所は分りましたが、なぜ蔵本議員を狙ったのかはまだ分らないようです」

「ドン・ファンをもう一度けしかけてやれば白状するかもしれませんよ」

「なるほど。後で散々『ひどい犬だ!』って文句を言ってたそうです。『ちゃんと狂犬病の予防注射をしてるのか、調べてくれ』と本気で警官に言っていたとか」

「まあ、失礼な! ねえ、ドン・ファン?」

「ワン！」

ドン・ファンが珍しく威勢よく吠《ほ》えた。

「マスコミは、あの犬の飼い主を捜してますよ」

「言わないで下さいね」

「そう言われると思ったので、分っていたけど、黙っていました」

「それでいいんです」

と、亜由美は肯《うなず》いた。

「あのＳＰは当然クビね」

と、清美が言った。

「そういう投稿が沢山あったようです。確かに、あれは職務怠慢と言われても仕方ないですね。それも、二発目を撃たせることになったのは問題です。ドン・ファンがかみつかなかったら……。しかし、ＳＰは我々のような普通の刑事とは違うエリートですからね」

「役に立たないエリートなんて……」

と、亜由美は文句を言って、「撃たれた西脇仁美さんはどうですか？」

「命を取り止めたのはご存じでしょう」

と、殿永は言った。「しかし、かなりの重傷で。弾丸が内臓を貫いていたので、大量に内出血していたようです」

「可哀《かわい》そうに……」

「数か月は入院ということになるでしょうね。もちろん、費用の心配はないにしても」

「婚約してたんですよ、あの人」

「ああ、S新聞の記者ですね。折尾とかいう……」

「ええ。あの日の夜、結婚式の日取りを決めるはずだったそうなんです。当分はそれどころじゃないですね」

殿永のケータイが鳴った。

「失礼。——もしもし」

話を聞いていた殿永の表情がサッと緊張した。「——そんなことが。——分った」

亜由美は母と顔を見合せた。

「——殿永さん、事件?」

「今言っていた犯人です。三谷直也」

「それがどうかしたんですか」

殿永は眉をひそめて、

「とんでもないことです」

と言った。「三谷は取調室で自殺してしまったそうです」

「そんな……」

「どうも……。こんなことがあっていいわけがない……」

と、殿永は呟いた……。

2　見舞客

たまたまのことだった。

亜由美の高校時代の友人がN大病院へ入院していて、手術後、数日して見舞に行ったのだ。

友人はすっかり元気で、

「あと三日で退院できるって」

「そうなの？　じゃ、ちょっと遅かったらもういなかったかもしれないね」

「今の手術って、本当に手早いのよ。うちのお母さんなんて、お昼食べに行ってて、私が病室に戻ったとき、いなかった」

「あらあら」

と、亜由美は笑った。

その友人――加藤靖代《かとうやすよ》は、点滴のスタンドを引張ってはいたが、廊下の奥の休憩所で亜由美と話していた。

「それより、頭に来ちゃうの！」

「何が？」

「彼氏よ、私の。入院したときは、『毎日見舞に来る』とか言っといて、ちっとも来やしない」

と、靖代はむくれている。

「忙しいんでしょ。サラリーマンよね？」

「ええ。でも、いくら忙しくたって、三日に一度くらい来られるでしょ」

そう言って、靖代はふと、「あ……。ね、あの人……」

「え？」

亜由美は、靖代の視線の先へ目をやって、びっくりした。

車椅子で、ゆっくりと廊下をやって来るのは、西脇仁美だったのである。

「あの人、知ってる？」

と、靖代は声をひそめて、「蔵本泰造を助けて、代りに撃たれた人よ」

「そんなことがあったわね」

と、亜由美は肯いた。

あの事件から一か月がたっていた。ニュースやワイドショーで事件が取り上げられたのも一週間ほどで、今はほとんど話題にならない。

しかし、まだ西脇仁美は車椅子の生活なのだ……。

当然のことかもしれないが、彼女はずいぶんやせて、やつれて見えた。表情も少しうつろで、何だか老け込んでしまったようだ。

犯人の三谷直也が自殺してしまったので、事件の背景もうやむやのまま、忘れられようとしている。

もちろん、亜由美のことはマスコミにも知られていなかった。

亜由美は、少し靖代とおしゃべりしてから、「じゃ、退院したらお祝いしようね」と、約束して帰ろうとした。

エレベーターの所まで来ると、あの西脇仁美が車椅子でやって来て、上向きのボタンを押した。亜由美が、つい仁美の方を見て、目が合った。

すると――。

「あ、もしかして……」

と、仁美が言った。「あのとき、助けて下さった方じゃありませんか?」

「まあ……。憶《おぼ》えてるんですか？」

「やっぱり！　――ええ、何だか苦痛でボーッとしてましたけど、見覚えが……。

あのときはありがとうございました」

「いえ、大したことしたわけじゃ……。具合、どうですか？」

「ええ……」

仁美は口ごもった。エレベーターの扉が開く。

「お願いです」

と、仁美は言った。「少しでいいんですけど、屋上へ一緒に行っていただけませんか？」

「私がですか？」

何だか断れない雰囲気だった。「――分りました」

亜由美は、仁美の車椅子を押してエレベーターに乗り込んだ……。

「もうひと月たつんですね」

と、仁美は言った。

N大病院の屋上には、患者が散歩できるスペースが作られている。五月の風が爽《さわ》やかに吹き抜けて行った。

「押していただいちゃ申し訳ないわ」

と、仁美は言った。「自分で進めますから」

「いいじゃないですか」

と、亜由美は車椅子を押しながら、「いい眺めですね」

「ええ。一日に一度、ここへ来るんです。何だかホッとして……。でも……」

と、仁美はふと目を伏せて、「なんだか、私一人がここに取り残されているみたいな気がして」

「そんなこと……」

「ええ。蔵本さんが私をこの病院の最高の個室に入れて下さって……。自分じゃ考えられないぜいたくをしています」

と、仁美は言って、「私、TVで見ましたけど、犯人の脚にかみついた犬は……」

「うちの犬です。ドン・ファンっていって」

「命の恩人ですね。蔵本さんにとっては」

「恩人はあなたですよ」

「そうでしょうか」

と、なぜか寂しげに、「私……もう歩けないかもしれないんです」

「まあ」

「もう一度手術すれば、歩けるかもしれないと言われています。でも、必ず歩けるとは限らないと」

「そうですか」

「あのときお話しした、折尾さんのことですけど……」

「ああ、記者の方。――私、電話で話しましたよ」

「そう言ってました。とてもハキハキした、明るい感じの女の人だった、って」

「何だかおめでたい人って感じですね」

と、亜由美は苦笑した。「よく言われますけど」

「でも、あの人……。結婚の話が、立ち消えになりそうなんです」

「え？」

亜由美はびっくりした。「それって……けがのせいですか？」

「一つには……。そうですよね。一生ずっと車椅子だったら、結婚なんて、とても……」

「でも、治るかもしれないんでしょう?」

「それに、仕事が……。急にあの人、九州に転勤になることになって、もう来週からなんです。二、三年は戻れないし、忙しくて見舞になんかとても……。そんなに長いこと離れてたら、どうしたって……」

「でも……」

と言いかけて、亜由美はやめた。

本当に愛していれば、とか言うのは簡単だが、現実はそうはいかない。

「ご家族は?」

と、亜由美は訊いた。

「私、両親が早く亡くなってしまって。一人っ子だったので、兄弟や親戚も、ほとんど……。見舞に来てくれる人って、いないんです」

「でも……あの課長さんは?」

「正木さんですか。TVとかで私のことが取り上げられてる間はちょくちょく来てくれましたけど、このところさっぱり……」

と、仁美は言って、「すみません。あなたにこんなグチを聞かせてしまって」

「いえ、聞くぐらいならいくらでも」

「ありがとう。――ああ、ときどき、あの、あの人が……」

「あの人って？」

仁美が答える前に、

「今日はどうだい？」

と、声がした。

仁美が振り向いて、

「まあ、来て下さったんですか」

亜由美は、蔵本泰造が花束を手にやって来るのを見た。

「花は食べられないが、この次はおいしいお菓子を買ってくるよ」

「ありがとうございます」

と、仁美は花束を受け取って、「お忙しいんでしょうから、無理なさらないで下さいね」

「僕は命の恩人を忘れるような恩知らずじゃないよ」

と、蔵本は言って、亜由美を見ると、「お友達?」

亜由美は、仁美が何も言わない内に、

「ちょっとした知り合いです」

と言った。「じゃ、仁美さん、また」

「ありがとう。――本当に」

「いいえ。ドン・ファンにもよろしく言っておきます」

と、亜由美は仁美の手を軽く握ると、足早にその場を立ち去った……。


「もしもし? ――ああ、お母さん。――うん、今は旅行先だよ」

ケータイで話しているのは、田舎《いなか》道を走るバスの中だった。

安西《あんざい》さつき。二十八歳。

スナックで働いていたが、ひと月前の事件で、辞めざるを得なくなった。

「そうだね。来週か、それぐらいには帰るつもり。――大丈夫だよ」

できるだけ元気そうな声を出す。「え? 今夜? ――たぶん小さな温泉に泊る。

——うん、それじゃ」

ボストンバッグ一つを手に、もう半月近く旅をしていた。

ガタガタと揺れるバス。——外は明るい日射《ひざ》しが溢《あふ》れている……。

安西さつきは、「あの事件」で、恋人を失ったのだ。蔵本泰造を撃とうとした、三谷直也が、さつきの恋人だった。

三谷直也はさつきの働いていたスナックの客で、ここ一年ほど付合っていた。結婚するとかいう話も出ていて、初めのうちは遊びのつもりだったさつきも、本気で三谷と一緒になろうかと考え始めていたのだが、その矢先……。

三谷があんな事件を起すとは、想像もしていなかった。ショックというより、わけが分らない気分だった。

そして、三谷が自殺……。

週刊誌がさつきのことをかぎつけて、スナックへ押しかけて来るようになり、店のオーナーから、「やめてくれ」と、アッサリ言われた……。

自殺した三谷のことは、葬式も何も分らないままで、さつきはアパートも出ることになって、自分のことで手一杯だった。

気晴らしだ！

そう決めて、少し貯《た》めていたお金を全部おろして、旅に出た。

どこへ行くというあてもない、至って格安な旅である。正直、そろそろ飽きて来ていた。

「東京へ帰るか……」

帰ったところで、仕事を探さなくてはならないのだが。

故郷の母親は「帰っといで」と言ってくれるが、一旦帰郷したら、もう二度と東京へ出られなくなるような気もする……。

「あ、次は温泉？」

バス停の名前に〈温泉〉が付いているので、降りることにした。

何だかさびれた温泉町だが、それでも旅館が何軒か固まっている。

ぶらぶら歩いて、さつきは比較的新しい感じの旅館の前で足を止めた。

旅館の名前の入った法被《はっぴ》を着た男が、玄関先を掃いている。

「ごめんなさい」

と、さつきは声をかけた。「泊めてもらえる？」

男が手を止めて、

「はあ、もちろん。どうぞ中へ――」

と言いかけて、凍りついた。

さつきも立ちすくんでいた。

まさか！　こんなことって……。

「三谷さん！」

「さつき……」

二人は同時に言った。

時間が止っていた。

3　夜の訪問者

西脇仁美は、ベッドでウトウトしていた。

病院暮しも長くなると、いつも半分眠っているような気がしてくる。

今、自分が起きているのか寝ているのか、分らなくなるのである。

すると——病室のドアが開いた。

まだぼんやりしながら、

「もう検温の時間？」

と、仁美は言った。

ゆっくり頭をめぐらせると、花束を手にしたスーツ姿の女性が立っていた。

「あ……。失礼しました」

と、仁美は言った。

「西脇仁美さんね」

と、その女性はベッドの方へやって来て、

「私、蔵本《くらもと》の妻の初江《はつえ》です」

「まあ……」

仁美は目が覚めて、「奥様でしたか！　失礼して……。わざわざおいで下さったんですか？」

「ええ。前にも一度来たんですけど、そのときは、あなたが検査とかでいなかったんです」

「そうですか……」

「ともかく、一度お礼を言わなきゃと思っていました。主人を助けて下さってありがとう」

「いえ、たまたまのことで……」

蔵本初江は確か四十五だった。いかにも政治家の妻という感じがある。

初江は花束を置くと、

「治療については、主人から聞いています」

と言った。「手術で良くなるなら、ぜひ受けて下さい」

「はい……。でも、今もこの立派な病室に入れていただいて、これ以上のご負担をおかけしては申し訳なくて……」

「お金のことはいいんです」

と、初江は即座に言った。「私の実家も、お金持ですし、気にすることはありません。ただ……」

初江は少しためらってから、

「ひとつ、あなたにお願いが」

と言った。

「何でしょうか?」

「主人はもうここへ来ません」

仁美は、言われた意味がよく分らなかった。

「あの……蔵本先生が……」

「ちょくちょく見舞に来ていたと思いますけど、たぶん、もう来られないと思うので。それを承知しておいて下さい」

「はい……。お忙しいのに、いつも申し訳ないと思っていました」

「忙しいからってわけじゃないんです。主人とあなたに何かあったという噂《うわさ》が

「……」

「え？」

仁美は、あまりに思いがけない言葉に、言葉を失った。

「分るかしら？　政治家にとって、女性とのスキャンダルは重大問題なんです」

スキャンダル？　——仁美は唖然《あぜん》とした。

「奥様、私、ご主人とは何も——」

「ええ、分ってます。でもね、ネットで、そんな話が流れてるんです」

「ネット？」

「あなたが、命がけで主人を守って下さったこと。何でもなかったら、あそこまでやらないだろう、と……」

「そんな……」

「ですから、主人はもう来ません。分って下さいね」

仁美はただ肯《うなず》くしかなかった。

「じゃ、私も予定があるので、これで」

初江はせかせかと帰って行った。

仁美は、すっかり目が冴《さ》えてしまった。

時間がたつと、あの蔵本初江の話に腹が立って来た。ただの交通課の警官が、蔵本と関係だって？

あのとき、仁美は相手が蔵本だから助けたわけではない。撃たれそうになる人を見て、反射的に飛び出したのだ。

それを曲解されるなんて……。

初江の言い方も、仁美には引っかかった。少しも「申し訳ない」という気持が伝わって来なかった。

お金を出してあげてるからいいでしょ、という気持でいることが分ったのだ。

もちろん、今の自分には、こんな入院生活と治療を受けられる余裕はない。ありがたいと思わなければいけないのだろうが……。

時計を見ると、夜中、十二時になろうとしていた。

病室のドアをノックする音がした。

「どなた？」

と訊《き》くと、ドアが開いて、

「──こんな時間に、すまん」

「課長。──どうしたんですか？」

正木だった。このところ、ほとんど顔を出さなかったが。

「いや、なかなか来られなくてな」

正木はハンカチで汗を拭くと、「どうだ、具合は？」

「もう一度手術することになりそうです」

「そうか。ま、じっくり治せ」

何か言いたげだった。そういうことがすぐに顔に出る。

「課長、何かお話が？」

と、仁美は訊いた。

「あ……。うん、ちょっとな。別に今でなくてもいいんだが」

「せっかく来てくれたんですから」

「そうだな」

正木は咳払《せきばら》いして、「実は──今ね、辞令が出た」

「私に、ですか？」

「まあそうだ」

言いにくそうにしている。

「あの……クビ、ですか?」

「いや、そうじゃない! 休職扱いになってるし、あんな事情で休んでるんだ。クビにしたりするもんか」

「それじゃ、何ですか?」

「うん……。異動だ。むろん、回復してからということだが」

「どこへ、ですか?」

「〈資材課〉だ」

「〈資材課〉って……地下の?」

「そういうことだ」

「地下倉庫の番をしろってことですか」

「今は倉庫といっても、パソコンで管理していて、それにだぞ、忙しくないし、寒いときや暑いときに、外で仕事することもない」

しかし、どう考えても楽しそうではない。

「課長、私が回復したら、交通課に戻してもらえるんでしょうか」

「それは……約束できんな」

「じゃ、どうしてですか？　私、交通課のイメージダウンになるようなこと、しましたか？」

「おい、西脇、そういうことを――」

「だって、そうじゃありませんか」

と、仁美はかみつくように言った。

「俺が決めたわけじゃない。恨まないでくれよ」

「じゃ、どうして……」

仁美はちょっと間を置いて、「上の方で決めたことなんですね？　上の、どの辺りで？」

「そこは知らん。ただ……」

「ただ？」

「かなり上の方から指示があったそうだ。噂で聞いただけだがな」

かなり上の方……。

仁美は、呆然《ぼうぜん》として天井を見上げていた。

それは――仁美が蔵本の命を救ったことと何か関係があるのだろうか。

でも、人助けして――それも、警官として当然のことをしたからといって、「上の方から」そんな指示が出る？

そんな変なことって……。

「それじゃ、またな」

と言って、正木は急いで帰って行った。

入れ替りに、看護師が入って来ると、

「ずいぶん遅い時間にみえるのね、皆さん」

と言った。

「すみません、本当は時間外なのに」

「いえ、このフロアは特別だから」

特別室が並ぶこのフロアは、二十四時間、いつでも見舞客がやって来る。

「さっきみえてた女の人、蔵本さんの奥さんでしょ」

仁美とも仲のいい若い看護師が言った。

「はい、体温計」

「知ってるんですか？」

「私、以前婦人科にいたの。そのとき、あの奥さん、みえてたわ。特別扱いされて
て、大変だった」

「そうですか……」

――蔵本がもう来ないと思うと、寂しい気はした。

でも、仕方ないことだ。

「――はい、熱も平熱ね。血圧も正常、と」

「私の手術、どうなるんでしょう」

「さあ……。先生が結論出すでしょ、近々。きっとうまくいくわよ」

「ありがとう」

仁美は微笑《ほほえ》んだ。

「じゃ、おやすみなさい」

と、看護師が病室を出ようとして、「――あ、どうも」

え？　誰か来たの？

仁美は、入れ替りに入って来たのが蔵本だと知って、びっくりした。

「――こんな時間に」

と、仁美が言うと、

「すまない」

蔵本がベッドのそばへ来て言った。「家内が来たんだろう?」

「ええ……。おいでになりました」

「僕に黙って。――君を傷つけるようなことを言って行ったんだろう。申し訳ない」

「やめて下さい。頭を下げたりしないで下さい。――奥様のご心配も当然です」

「そんなことはない」

と、蔵本は首を振って、仁美の手を取ると、「命がけで僕を救ってくれた君に対して、本当にひどいやり方だ。――僕はこれからも見舞に来るよ」

「でも、私のことで、奥様とケンカしたりしないで下さいね」

と、仁美は言った。「私は充分、よくしていただいています」

「君は……僕を恨んだりしないのか」

「私が恨んでるのは、私を撃った犯人だけです」

と、仁美は言った。「でも――死んでしまったんですよね。残念だわ。一発殴ってやりたかった」

「君は……」

と、蔵本は笑って、「すてきな子だな」

「蔵本さん。一つ、お訊きしても……」

「何だい？」

言ってはいけない、という気もしたが、つい、口をついて出てしまった。

「さっき、私の上司が来て――」

正木が異動について話して行ったことを、仁美は蔵本に話して、「『上の方から』の指示って、どういう意味なんでしょう？　私、何だか納得がいかなくて」

話しながら、もう仁美は後悔していた。

聞いている蔵本の表情が、見る見る厳しいものになって行ったからである。

「あの――もちろん、お忙しいんですから、忘れて下さい。私は別に――」

「許せん！」

と、蔵本が力をこめて言った。「僕を守ってくれたことで、君のことを面白く思っていない連中がいるんだ」

「それって……」

「心配しなくていい。そんな指示は取り消させてやる。必ずね。約束するよ」

「いえ、無理しないで下さい」

と、仁美は急いで言った。「私は、仕事に戻れるかどうか分らないんですし」

「それとこれとは別だよ」

蔵本は、仁美の手をやさしくさすって、「できるだけのことはさせてくれ。いいね」

「ありがとうございます……」

と、仁美は微笑んで、「お帰りになって下さい。奥様には何もおっしゃらないで」

「分った。――そうするよ」

蔵本は肯いて、「じゃあ……、時間を見付けて、また来るよ」

「無理なさらないで下さい。――どうか」

と、仁美はくり返した。

蔵本は静かに出て行った。

「――余計なこと言っちゃった」

と、後悔して呟《つぶや》いた仁美だった……。

4 後ろ姿の男

大学を出たところで、亜由美と聡子は足を止めた。

車にもたれて、殿永が立っていたのである。

「――殿永さん、何してるんですか?」

と、亜由美は訊いた。

「何をしてるように見えます?」

と、殿永はとぼけた表情で言った。

「男性ファッション誌のグラビア撮影じゃないですね。ポルシェか何かでないと、その中古車じゃ……」

「口が悪いですね、全く」

と、殿永が苦笑して、「あなた方を待っていたんですよ、もちろん」

「へえ。夕飯でもおごってくれるの?」

と、聡子が訊いた。

「聡子、安月給の刑事さんに、そんなこと訊いたら傷つくでしょ」

「亜由美の言い方も傷つくと思うけど」

「ともかく、乗って下さい」

促されて、二人は後ろの座席に乗り込んだ。

車が走り出すと、

「どこへ行くのか、教えてくれません？」

と、亜由美が訊いた。

「S新聞です」

「S新聞って……。あ、西脇仁美さんの彼氏が勤めてる……」

「そうです。折尾修二に会いに行くんです」

「でも、仁美さん、結婚話は立ち消えになりそうだって」

「会ったんですか、彼女に？」

「たまたまです」

亜由美は、友人を見舞に行った病院で、西脇仁美と会ったことを話した。

「――ほう。蔵本議員も見舞に」

「ええ。もちろん、あの入院費用は、蔵本さんが出してるんでしょう」

殿永は少しの間黙ってハンドルを握っていたが、

「——妙なことがありましてね」

と、口を開いた。「蔵本議員を狙撃しようとした三谷直也ですが」

「取調室で自殺したんでしょ?」

「それが、奇妙なことに死体を見たという者がいないんですよ」

「え? どういうこと?」

「いきなり上司から発表があったんです。三谷直也が自殺したと。——しかし、私が直接取調べに当っていた者たちに訊くと、みんな『自分はその場にいなかった』と言ってるんです」

「じゃあ……」

「当然、自殺なら検死解剖があるはずですが、その記録もありません」

「お葬式も出さなかったの?」

と、聡子が言った。

「三谷直也の身許《みもと》そのものがよく分らないんです。家族がいたのか、どこの出身なのか」

「TVで、婚約者だったって女の人を見ましたけど」

「スナックに勤めていた女性ですね。確か安西さつきといいましたが、三谷のことを詳しくは知らなかったようです」

「殿永さん、それってどういうことですか？」

「さあ……。ともかく、小さな手掛りでも、たどって行かなくては」

と、殿永は言って、「もうじきS新聞です」

S新聞社のビルへ入って行くと、殿永は受付に行って、折尾修二を呼んでくれるように言った。

しかし受付の女性は、

「折尾から伝言で、急な取材のため出かけるとのことです」

と言った。

「それはおかしいな。約束してあるんですがね」

「申し訳ありません。こちらでは、そうお伝えするようにとしか……」

「そうですか」

少し離れて、そのやり取りを聞いていた亜由美は、

「やっぱり妙だわね」

と言った。「聡子、折尾って人の顔、憶《おぼ》えてる？」

「TVのワイドショーで見たよ」

「他の出口から出て行くかもしれない。手分けして捜そう」

「私も？　はいはい」

聡子はため息をついて、「どうして私がいつもこき使われるの？」

「グチ言ってる暇があったら、捜しに行け！」

「分ったわよ」

聡子は、亜由美に言われるままに、一旦ビルを出て、裏手の〈社員通用口〉へと急いだ。

「――変なことに巻き込まれなきゃいいけど」

と、ブツブツ言いながら、キョロキョロしていると、足早に通りかかった男とぶつかりそうになった。

「あ、ごめんなさい」

「いや、こっちこそ」

と、相手は会釈して、行きかける。

「あ！」

正に、折尾修二当人ではないか！

折尾はせかせかと道を渡って行く。

聡子は亜由美のケータイへかけた。

「――見付けた？　でかした！」

「今、道の向いのビルへ入ってった」

「すぐ行く！」

亜由美が殿永を連れて出て来る。

「どういうことなんでしょう？」

と、亜由美は言った。

「どうも、私と会わないように、逃げ出したとしか思えませんね」

「刑事さんに会わないように、って……。何考えてるんでしょう？」

「当人に訊くしかないですね」

三人は、道を渡って、向いのビルへと入って行った。

「――分りやすい奴《やつ》」

と、亜由美は思わず言った。

ビルの入口のすぐ脇にある喫茶店に、折尾が一人で入っていたのである。

ケータイで話している。

「――うん。――じゃ、もう帰ったんだな？　――分った。戻るよ」

ホッとした様子で、目の前のコーヒーを飲んでいる。そこへ、

「いや、お待たせして」

と、殿永は言って向いの席に座った。

折尾はキョトンとして、殿永を眺めていた。

「――お忙しいところ、わざわざ出て来ていただいて、すみませんね。殿永です」

「はあ……」

「私もコーヒーを」

と、殿永はオーダーして、「九州に転勤になるそうですね。またずいぶん急なこ

とで」

「あの……仕方ありません、サラリーマンですから」

「確かに」

と、殿永は肯いて、「伺いたかったのは、蔵本さんを狙った三谷直也の自殺の記事についてです。S新聞は一番早く、しかも詳しい記事を載せましたね」

「まあ……そうです」

「取調室での三谷の自殺について、刑事がちょっと目を離した隙に、隠し持っていたナイフで首を切ったと。——刑事があわてて救急車を呼んだが、出血多量で死亡した、とのことですね」

「それが何か——」

「まるでその場に居合せたような記事ですね。他の新聞やTVニュースとは全く違う」

「それは……いつも、刑事さんたちと付合いがあるからですよ。S新聞は、警察当局から一番評価されています。あなたも刑事だ。ご承知でしょう」

「聞いていますよ。あの記事はあなたが書いたとか？」

「そうです。いい記事だと賞《ほ》めてもらっています」

折尾はちょっと胸を張って言った。

「ところで、その話をあなたにしたのは、誰ですか?」

「それは……申し上げられません。ニュースソースは公表しないことに――」

「しかし、私が訊いた者は一人もその現場を見ていないんです。そんなに出血すれば、その取調室は大変なことになっていたでしょう。ですが、取調室が使えなくなったという事実はなかった」

「そんなことまで、僕は知りませんよ」

と、折尾は言った。「あなた、刑事のくせに、S新聞に文句をつけるんですか?」

「どの新聞だろうと、事実を書いていなければ黙っていられませんよ」

「変ってますね」

と、折尾は無理に笑って見せて、「いつも警察に協力してるのに」

「あなたの婚約者のことですが……」

「仁美ですか? ――婚約は一旦解消しました」

「ほう、なぜです?」

「転勤のこともあるし、彼女の方から言い出したんです」

　と、折尾は早口に言って、「もういいでしょう？　忙しいんで、僕は」

　立ち上りかけた折尾へ、

「あなたに、私と会わないよう指示したのは誰ですか？」

　と、殿永は訊いた。

「そんなこと――」

「ではなぜ取材と言って逃げて来たんですか？」

　折尾は何とも答えられない様子で、殿永をにらんでいたが、やがて無言のまま、店を出て行った。

「――やれやれ。自分のコーヒー代くらいは払ってほしいものですな」

　他の席にいた亜由美と聡子が移って来ると、

「どういうことなんでしょう？」

「もちろん、言われた通りに書いたんでしょうね。しかし、事実ではない。おそらく……」

「三谷は死んでいない、と？」

亜由美の言葉に、殿永は黙って肯いた。

夜中になっていた。

安西さつきは、温泉に浸《つか》って、のんびりと寛《くつろ》いでいた。

ガラッと戸が開いて、入って来たのは三谷である。

「〈女湯〉よ」

と、さつきは言った。

「こんな時間だ。誰も来ないさ」

と、三谷は言って、湯にゆっくりと身を沈めた。「大体、君以外の客は年寄が三人だ。こんな時間まで起きちゃいない」

「いい加減ね」

と、さつきが笑って言った。

「——なあ、さつき」

と、三谷が言った。「君も分ってると思うが……」

「あなたのことは誰にも言わない。分ってるわよ」

さつきはタオルを湯に浸して、顔に当てた。

「これには色々わけがあるんだ」

「でしょうね。でも、私、知りたくない」

と、さつきは三谷のそばへ寄って、「お願いよ。もう消えたりしないでね」

「ああ、分ってる」

三谷はさつきの肩へ手を回して抱き寄せた……。


そろそろ夜が明ける。

三谷は布団の中で、ずっと目を覚ましていた。隣ではさつきが裸のままぐっすりと寝入っている。

三谷はそっと布団から脱け出ると、浴衣《ゆかた》をはおって、部屋を出た。ケータイを手にしている。

明りの消えたロビーに来ると、旅館の表玄関にうっすらと日が射《さ》し始めていた。

時間ぴったりにケータイが鳴った。

「――三谷です。――はい。メールを読んでいただけましたか」

と話しながら、ロビーのソファに腰をおろす。「――ええ、全くとんでもない偶然で。――いや、捜して来たわけではありません。それは絶対ありません」

「あなたの言葉だけじゃね」

と、女の声が言った。

「よく言い聞かせますから。素直な女ですから、心配はいりませんよ」

少し間があった。不気味な間だった。

「――軽く考えてるわね」

「いえ、決して……」

「あの女は、マスコミにも取材されてるのよ。東京に戻れば、また取材が来るかもしれない」

「でも――」

「あなたが保証しても仕方ないの。上が納得しないとね」

「それは……分ります」

「もともとはあなたの失敗なのよ。それでもあなたをそこへ逃がしたのは、特別なはからいだった」

「感謝しています」

「その上、彼女まで欲しがる？　少しわがままが過ぎるんじゃない？」

三谷の表情が冷たくこわばった。結論ははっきりしたのだ。

「分りました。こちらで片付けます」

「確実に、よ。今度しくじったら、もうあなたをかばい切れない」

「はい」

「その近くで大丈夫？」

「宿泊記録は消しますし、裏山はほとんど人が通りません。深い谷川がありますから」

「任せるわ。人目につかない内にね」

「承知しています」

「彼女のアパートはこちらできれいにしておくわ」

「お願いします」

「――次のプランが決ったら連絡するから」

「かしこまりました」

少し間があって、

「彼女と寝たの？」

と、女の声がからかうように訊いた。

「それは……」

「当然でしょうね」

と、小さく笑って、「せいぜい可愛《かわい》がってあげなさい。この世の名残《なご》りに」

――切れた。低い笑い声が聞こえていた。

三谷は手にしたケータイを見つめて、ため息をついた。

パタパタとスリッパの音がして、三谷はハッとした。

「――あら、三谷さん、もう起きたの？」

古い掃除機を抱えてやって来たのは、ずいぶん昔風のセーターとスカートにエプロン姿の少女だった。

「ああ、みね子《こ》ちゃんか。早いね」

「お泊りのお客さん、出発が早いの。もし起きてひと風呂入るようだと、脱衣所をきれいにしとかないと」

「そうか。みね子ちゃんはよく働くな」

山中《やまなか》みね子は十八歳。中学を出て、この旅館〈深緑館《しんりょくかん》〉で働いているという。

山ひとつ越えた農家の娘らしいが、いかにも体つきがしっかりして、朝早いのも平気だ。

「三谷さん、どこで寝てたの？」

「え？　ああ……いつもの部屋さ、もちろん」

「嘘《うそ》。——物音が全然しなかったよ」

「みね子ちゃん……」

「あの人でしょ？　一人で泊ってる女のお客さん。三谷さんを見る目が違ってた。知り合い？」

「考え過ぎだよ」

と、三谷は笑って、「みね子ちゃんも、そういうことを考える年齢《とし》なのか」

「失礼ね！　もう十八よ」

と言って、みね子は明るく、「早く寝ないと、寝坊するわよ」

玄関のガラス戸に朝の光が当って、ロビーも明るくなっていた……。

5　光る汗

「いいの、こんなことしてて？」

と、さつきが訊いた。「仕事があるんじゃない？」

「大丈夫さ」

と、三谷は言った。「ゆうべの泊り客はみんな発《た》ったし、予約の客は夜でないと来ない。今が一番暇なんだ」

「そう？　それならいいけど」

「ぜひ君に見せたくてね、この道を上った所の風景を。すばらしいんだ」

「楽しみだわ」

と、さつきは微笑んで、三谷と手をつないだ。「でも、あんまり上りの道がきついと……」

「そんなことはないよ。大体、あの〈深緑館〉の辺りは少し高くなってるんだ。少し上れば、もう山の中腹だよ」

──寝坊したさつきは、旅館を出て、町の小さな喫茶店で食事をしてから、三谷と落ち合った。

少し雲が出て、風が冷たい。

山道は、ほとんど人が通らないせいで、かなり雑草が伸びている。

「──聞こえるだろ？　水の流れる音が」

と、三谷は言った。

「ずいぶん遠いけど……」

「ずっと下さ。深い谷になってる。──ほら、その木の間から覗《のぞ》くと……」

さつきは木々の間から下を覗いて、

「高いのね！　めまいがしそう」

と、身震いした。「でも、本当に眺めはすばらしいわ」

谷川の向うの崖が、切り立っていて怖いようだ。

その向うに、遠い山並みが開けている。

「太い木ね」

と、さつきは周囲と比べてもひときわ太く、どっしりと根を張った木を手で触れた。

「下の岩に、根が伸びてるんだよ」

「そう。――凄《すご》い生命力ね」

生命力。生きる力……。

そう聞いて、三谷の表情が曇った。

さつきが、太い木の幹に背中をつけて振り向くと、

「ここで私を殺すの？」

と、当り前の口調で言った。

「さつき……」

三谷は詰って、思わず目をそらした。

「分るわよ。あなたのてのひら、じっとり汗かいてた」

と、さつきは言った。「それにさっきから汗が光ってるわよ。私だって汗かいてないのに。――緊張してるからでしょ」

「さつき、僕は……」

「いいのよ。いくら私が誰にも言わないって誓っても、そんなこと信じられないわ

よね」

「そうじゃない。僕は信じてる。ただ……」

「あなたを雇ってる人が信じてくれないのね」

「さつき、分ってくれ。これはとても大事なことなんだ。つまり……」

「いいのよ」

と、さつきは首を振って、「あなたを恨んだりしないわ。でも、あなたに人を殺させようとする人のことは憎い！」

と、強い口調で言った。

三谷は何とも言えなかった。

「――お願い」

と、さつきは言った。「人を殺すのはやめて。どんな理由があるか知らないけど、間違ってるわ」

「君は――」

「そこにいて。あなたに人殺しはさせないわ」

そう言うと、さつきは身を翻し、崖の向うへと消えた。

三谷は、立ちすくんで動けなかった。しばし呆然として——。

「さつき」

つい、そこにいるかのように呼びかけてしまった。もちろん、返事はなかった。

やっとの思いで、三谷は崖っぷちまで足を運んだ。——はるか眼下に谷川が白く岩をかんで流れている。

三谷は足がすくんで、覗き込むこともできなかった。

「さつき……。すまん」

よろけるように、山道を下って、旅館まで、どうやって戻ったのか、ほとんど憶えていなかった。

「——どうかしたの？」

玄関前を掃いていた山中みね子が、びっくりしたように、「凄い汗かいてる」

「ちょっと……熱っぽいんだ」

「いけないわね。今日はお客さん一組だけでしょ。布団敷いて寝てるといいわ。私一人でやれるわよ。女将《おかみ》さんには言っとくから」

と、みね子は言った。

「ありがとう。そうするよ」

三谷は、玄関を上ると、フラフラと廊下を奥の従業員用の部屋へと向った。

さつきの宿泊記録は、もうパソコンから削除してある。

「そうだ……」

さつきの荷物がある。あれを片付けて、部屋を空っぽにしておかなければ。

さつきは朝の間に発ったということにするのだ。――もちろん、死体が見付かることはまずあるまい。

見付かっても、身許はしれないだろう。

三谷は、さつきが泊った部屋へ入った。彼女の荷物やコートなどを持ち出した。どこかで処分しなくては。

しかし――さつきのバッグを開けてみて、その中の口紅やコンパクト、ケータイ、手帳などを取り出してみると、すべてを捨ててしまう気になれなかった。

ケータイは持っていては危い。しかし――いつの間にか手に取って、中の写真を見ていた。

三谷と二人で撮ったショットがある。さつきの無邪気と言ってもいいような笑顔。

とても捨てられない……。

三谷はケータイの電池を外して、追跡できないようにしておいてから、自分の鞄《かばん》の中にしまい込んだ。

それ以外のものは、捨てよう。裏山へ埋めてもいい。

ともかく、夜になってからだ。

「――三谷さん、どうしたの？」

女将の声がして、あわててさつきの物を押入れに放り込んだ。

「すみません」

「いえね……」

戸が開いて、この〈深緑館〉の女将が顔を出した。「みね子ちゃんが、三谷さん、具合悪そうだって言うものだから」

「ちょっと風邪《かぜ》気味で。大したことありません」

「ならいいけど……。あの〈萩《はぎ》の間〉の女の方はもう出られたの？」

「ええ、午前中に。私がお見送りしました。女将さんは寄合にお出かけだったので」

「それならいいの。今日は大丈夫よ。休んでてね」

「すみません」

女将が出て行くと、三谷はホッとした。いつの間にか汗をかいている。

今日は汗をかく日だ、と思った。

ここの女将は、浅井祥子《あさいしょうこ》といって、五十がらみの貫禄《かんろく》のある女だ。ここで長く仲居をしていて、前の女将に見込まれ、後を継いだというベテランである。

三谷がここで働くことになったのは、上の方からの指令があったからで、ここの女将も、もちろん事情は知るまいが、三谷が何か「わけあり」だということは承知している。

三谷は自分でお茶をいれると、少し気持が落ちついたところで、ケータイで連絡した。

「──何かあったの？」

女の不機嫌な声。

「始末しました」

「ご苦労さま。手こずらなかった？」

自分で飛び下りたんです。僕に人殺しをさせたくない、と言って。自分で死んだんですよ！

そう叫んでやりたかったが……。

「何も問題ありませんでした」

と、三谷は言った。

「それならいいわ。また連絡するから」

「かしこまりました」

三谷は通話を切って、大きく息を吐いた。

そして畳の上にゴロリと横になって、じっと暗い天井を見上げていた……。

引越しのトラックが停《とま》っていた。

「何だか……気になる」

と、亜由美は呟いた。

そのアパートは、もうずいぶん古くて、傷んでいた。ドアが開いて、段ボールが運び出されているのは、二階の一番端の部屋。

「――ごめんなさい」

と、亜由美は外階段を上って行って、荷物を運んでいる男に声をかけた。

「何か？」

「あの部屋――安西さつきさんのお部屋じゃありません？」

「さあ……。そういや、表札に〈安西〉ってあったかな。詳しいことは知りません。バイトなんで」

「そうですか。ありがとう」

亜由美はその部屋のドアが開け放してある所まで行って、中を覗くと、「――どなたか、こちらの方は？」

と、声をかけた。

「何ですか」

背広にネクタイをした、引越業者とは見えない男がやって来た。

「ここは安西さつきさんのお部屋でしょ？　安西さんは？」

「いや……。いませんよ、ここには」

「でも、それじゃどうして荷物を運び出してるんですか？」

「頼まれたからです。『引越しに立ち会えないけど、よろしく』と言われて」

「安西さんご自身がそう頼んで来たんですか?」

「だと思いますよ。私は直接聞いてませんが……。あなたは?」

「安西さんの知り合いです。彼女、どこにいるんですか?」

「さあ、知りませんね」

「じゃ、ここからどこへ引越して行くんですか?」

「それは……。一旦預かってほしいと言われただけでしてね」

男の口調は妙に苛立《いらだ》っていた。

「そうですか……」

亜由美は部屋の中をちょっと覗いて、「タンスの中の物も、そのままなんですか」

「段ボールに詰めるのも任せると言われていましてね」

「分りました」

亜由美は肯いて、「お邪魔しました」

アパートを後にすると、亜由美は停めておいた車に戻った。レンタカーを借りて来たのである。

「お待たせ」

と言ったのは、助手席に寝そべっているドン・ファンに向ってだった。

亜由美は運転席に座ると、

「何だか変よ、あの人たち」

と言った。

車を出すと、少し走らせて、静かな公園の前に停めた。ケータイを取り出し、殿永にかける。

「――殿永さん、今、安西さつきのアパートへ行って来たんですが」

亜由美は状況を説明して、「おかしいですよ。業者の人が、タンスから下着を取り出して詰めてました。いくら任せるといっても、下着まで触らせるなんて。当人が来られないわけがあるんですよ、きっと」

「調べましょう。安西さつきの母親が九州にいます」

「何か連絡が行ってるか、ですね」

「亜由美さん、用心して下さいよ。今、どこにいるんですか？」

「アパートから少し離れた公園の前です。静かなので」

「他に車は？」

「車？」

「後を尾《つ》けられていませんか？」

亜由美はバックミラーを見た。——車が一台、停っている。中に人影があった。

「殿永さん、さすがね。どうやら見張られてるみたい」

「危険です。見張っているだけならいいが、事故に見せかけて狙っているかもしれない」

「私を？」

「ともかく、用心に越したことはありません。早く、車の多い通りへ出て下さい」

「分りました」

亜由美はエンジンをかけると、少し考えてから、

「行け！」

と、ひと言、ハンドルを切った。

公園の前から広い通りへと、一気に、〈一方通行〉の細い道を逆走した。

広い通りへ出る。停めて見ていると、軽トラックが細い道へ入って行った。

クラクションが鳴って、

「一方通行だぞ！　何やってんだ！」

と怒鳴る声が聞こえた。

やはりそうか。亜由美を尾けて来た車が、焦って追って来て、軽トラックと出くわしてしまったのだ。

車を出すと、亜由美はもう一度殿永へ電話して、

「お祭しの通り」

と言った。

話を聞いて、殿永は笑うと、

「やりますね。しかし、向うはたぶん亜由美さんのこともすぐ調べ出すでしょう。用心して下さい」

と言って、「――何だ？」

誰かが話しかけたらしい。

「分った。――亜由美さん」

「何かありました？」

「安西さつきの母親が電話して来たそうです。また連絡します」

——亜由美は、車を走らせながら、ドン・ファンに向って、

「これって、なかなか奥が深そうじゃない?」

と、話しかけた。

ドン・ファンは、ひと声、

「ワン」

とだけ答えて、目を閉じてしまった……。

6　母と私

「じゃあ、それっきり？」

と、亜由美は言った。

「ええ、温泉に泊ると言ってましたが、それきり連絡が取れなくて」

と、安西充子《みつこ》は言った。

安西さつきの母親である。

九州から上京して来たのは、夕方のことだという。

「さつきさんは、どの辺を旅してるとか、言っていませんでしたか？」

と、殿永が訊く。

「ええ、具体的には何も……」

——安西さつきの母親が連絡して来て、殿永は亜由美ともども、Nホテルのラウンジで待ち合せたのである。

「安西さん」

と、殿永は言った。「先日の蔵本議員の事件、ご存じですね」

「ええ、もちろん。そのせいでさっきは――」

「あの犯人の三谷という男のことですが、さつきさんから何か聞いていませんでしたか？」

「さあ……。さつきの方は気に入っていたようですよ。でも、私にはほとんど何も……」

「そうですか」

「ですから、週刊誌とかで、さつきのことを記事にしたりして、初めて知ってびっくりしたんです」

「では旅に出ようと思われたのは？」

「何かとうるさかったんでしょう、取材の人たちが。それに勤めていたスナックも辞めざるを得なくなったそうで……。可哀《かわい》そうじゃないですか。さつきには何の罪もないのに。まるで共犯者みたいなことまで言われて」

と、充子は言った。

五十前後の安西充子は、髪を赤く染めて、やや派手な印象の女性だった。

ラウンジのコーヒーを飲むと、ちょっと顔をしかめて、

「薄いわね。これで千円？　腹が立つわね」

と言った。「私の店で五百円で出してるコーヒーの方が、よほどちゃんといれてるわ」

「お店は――」

「スナックをやってるの。まあ、バーって言った方が近いかしら。昼間はコーヒーやトーストも出してね」

と、充子は言った。「さつきにも手伝ってくれって言ってたんだけど、あの子、東京にいたいらしくてね」

「アパートのこと、ご存じですか？」

「さつきのアパート？　行ったことあるけど、どうして？」

亜由美が、安西さつきのアパートが引き払われていたことを話すと、

「そんなこと！　私は知らないわ」

「じゃ、誰かが、さつきさんのことを……」

「自分からいなくなったことにしたいんでしょうな」

と、殿永が言った。「安西さん。どうも、これは単純な事件じゃないようです。政治が絡むと、理屈が通じないこともある。――どこへ泊られます?」

「さあ、どことも……。荷物なんて、これだけですよ」

と、椅子の傍《そば》に置いたバッグを指した。

「では、私の知っている旅館をご紹介しますから、そこに別の名で泊っていて下さい。万一のためです」

「分りました」

充子は肯いて、「殿永さんっていいましたっけ? あなたは信用できる人ね」

「それはどうも」

「私、さんざん男で苦労して来たから、男を見る目はあるの。あんたはいい人だわ」

と、充子はしっかり肯いた。

充子がトイレに立つと、

「良かったわね、ほめられて」

と、亜由美が殿永に言った。

「冷やかさないで下さい」

殿永のケータイが鳴って、「――ああ、そうだ。――なるほど。分った。その運送業者のことを調べてくれ」

「殿永さん……」

「信用できる部下がいましてね。早速、安西さつきのアパートへ急行させたんです。荷物を全部積むのに時間がかかるでしょう。幸い間に合って、トラックの後を尾《つ》けさせました」

「それで？」

「晴海《はるみ》の方の貸倉庫へ荷物を入れたそうです。――その運送会社が誰から依頼されたか、調べ出せればいいですが」

「行ってみましょう。その倉庫に」

と、亜由美が言った。「中の荷物が見られれば、どこにいるか手がかりでも……」

「貸倉庫を勝手に開けるのは犯罪ですよ」

「殿永さんにはできませんよね。だから私がやります。殿永さんは私を逮捕しようとして逃げられた、という役でどうですか？」

「ドラマじゃないんですよ」

と、殿永は苦笑した。

充子が戻って来たので、亜由美は貸倉庫の話をした。

「母親の私が見れば、きっと何か分りますわ！」

と、充子は即座に言った。

「先に旅館で降りていただこうと思ってたんですがね」

と、殿永はため息をついて、「まあ、私がクビになればすむことです」


夕食の片付けがすんで、〈深緑館〉の女将、浅井祥子は、

「みね子ちゃん」

と、下働きの山中みね子に声をかけた。

「はい」

みね子はすぐにやって来ると、「女将さん、ご用ですか？」

「そうじゃないの。もう九時過ぎてるわよ。あなた、もう上る時間でしょ」

「あ……。でも、何かご用があれば――」

「休みはちゃんと休んで。アパートの方は落ちついた？」

「まだ段ボールがそのままです」

「じゃ、明日お休みだから、ゆっくり片付けなさい。お客は少ないから大丈夫よ」

「はい。――あの……」

「何か？」

「三谷さん、どうですか？」

「ああ、もう元気になったわ。さっき大浴場の掃除をしてた」

「それならいいですけど」

行きかけたみね子に、

「ねえ」

と、祥子が声をかけた。「アパートで一人暮し始めると、男が寄ってくるわよ。用心して」

「私なんか、子供です」

「そう？　もう十八でしょ。立派な女よ」

「ありがとうございます。用心します」

「そう。安売りしないこと」

と言って、祥子はちょっと笑うと、「じゃ、もう引き上げて」

「失礼します」

山中みね子は、中学を出て、ここへ来てから、ずっと住込みで働いて来た。しかし、十八にもなり、給料も上ったのを機に、少し離れた町にアパートを借りて住むことにしたのである。

バッグに私物を詰めると、みね子は裏口から暗い戸外へ出た。

そこに誰か立っていて、ギクリとした。

「——まあ、三谷さん？」

「ああ、みね子ちゃんか」

三谷が振り向いて、「どこかに行くの？」

「自分のアパートに帰るのよ」

「ああ、そうだった。一人暮しを始めるんだったね」

「三谷さん、もう具合、いいの？」

「うん。心配かけてごめん」

「そんなのいいけど……。無理しないで」

「ありがとう。――さて、宴会の後片付けだ」

「夕食の片付けは終ってるわ。大広間だけお願いね」

「分った」

「じゃあ。――明日、私、お休みだから」

「寂しいね。みね子ちゃんがいないと」

「うまいこと言って」

と笑って、みね子は、自分の自転車を引張ってくると、荷物をカゴに入れ、
と、自転車をこぎ出した。

「――じゃ、おやすみ！」

――暗い夜道だが、車も人もほとんど通らないので、自転車をこいで行くのも気持いい。

三十分ほどして、隣町へと入ると、みね子は小さなスーパーで降りて、買物をした。

アパートまでは五、六分。

自転車を置いて、二階へと外階段を上って行く。

〈202〉がみね子の部屋である。表札に自分で〈山中みね子〉と書くのが誇らしかった。

鍵を開け、荷物を抱えて中に入る。

明りを点《つ》けて、

「います？」

と、声をかける。「みね子です」

押入れが開いて、

「お帰りなさい」

「遅くなってすみません」

みね子は急いでカーテンを引いて、「どうですか、打ったところ？」

「ありがとう。あざになってるけど、痛みは大分ひいたわ」

「お腹《なか》空《す》いたでしょ？　スーパーでお弁当、買ってきました。一番早いですから」

「ありがとう！」

「お茶はペットボトル。――今は、一人暮しも楽ですね」

みね子はテーブルを動かして、「私も一緒にいただきます」

「あなたには迷惑じゃないの？」

と言ったのは――安西さつきだった。

「ちっとも。私なんか、誰も目もつけませんよ」

二人は一緒にお弁当を食べた。

――みね子は、三谷が電話で話しているのを聞いてしまった。どう考えても、このさつきを殺す気だと直感したのだ。

みね子はさつきに、

「崖の所の一番太い木の向うへ飛び下りると、少し下の張り出した岩の上に落ちて、しかも上から見えませんから」

と、忠告したのだった。

張り出した岩は、途中、木の根から出た枝が葉を付けたのが、ちょうど覆いかぶさるようになって、見えない。上から覗けば、間違いなく遥《はる》か下の谷川へ落ちたと見えるだろう。

さつきは、みね子の言葉を信じて、あの太い木の向うへ飛び下りた。怖かったが、三谷に突き落とされるよりいいと思った。

みね子の言った通り、さつきは張り出した岩に落ちた。肘や足首を打って痛かったが、そうひどくはなく、後は、みね子がロープを下ろしてくれるのをじっと待つだけだった……。

「おいしいわ」

と、さつきはお弁当を食べてしまうと、息をついた。

「冷たいままでしたね。電子レンジで温めれば良かった」

「充分よ。——あなたにどうお礼をしたらいいのかしら」

「礼だなんて……」

「少なくとも、あなたを巻き込みたくないの。——傷が治ったら、出て行くわ」

「構わないですよ、ここにいても」

みね子はアッサリと、「誰も来ませんよ、こんな所」

「みね子さん……」

さつきはお茶を一口飲んで、「私は三谷さんに人殺しをさせたくなかった。あの人も、私を殺したかったわけじゃないの。これには政治が絡んでる。私も詳しいことは分らないけど、三谷さんに私を殺させようとしたのは、きっと、とっても大きな力よ。どこからあなたのことを調べ出すか分らない」

「説明しないで下さい」

と、みね子は微笑んで、「聞いても分んないし、私はただ、人が殺されそうになるのを止めたかっただけです」

「みね子さん……」

「私、一度死んでるんです」

「え？」

「母がアルコールに溺れて……。錯乱して、包丁で私を刺したんです。一度、私の心臓が止って……。でも、奇跡的に動き出したんです。だから、拾った命なんです。死ぬのは怖くないけど、自分の都合で人の命を奪う人は許せない」

みね子の口調は穏やかだった。さつきは、自分より十歳も若いこの娘に、並々ならぬ覚悟が具《そな》わっているのを感じた。

「――それで、お母さんはどうなさってるの？」

と、さつきは訊いた。

「病院に入って、それきりです。きっと一生出て来られないでしょう。私は、今の女将さんを頼って、あの旅館に」

「そうだったの……」

　さつきは圧倒される思いだった。

　同時に、それならばなおのこと、みね子に害が及ぶことだけは避けなければ、と決心していた。

「あ、でも、もちろんここにいて下さいって言ってるんじゃないですよ」

と、みね子は言った。「私、別にさつきさんを止めるつもりはありません。好きなようにして下さいね」

「ありがとう。――やっぱり三谷さんのことを放《ほ》っとくわけにいかないと思うの」

「でも、ちゃんと普通に動けるようになるまでは、だめですよ」

「ええ。まだしばらくはお世話になるわ」

　さつきは穏やかに微笑んだ。

　三谷が本当に人を殺すのを、何とかして止めたかった。

　あの蔵本という議員を撃とうとして、女性警官を負傷させた。でも殺してはいない。

三谷はこれからどうするのだろう？

公式には三谷は「死んだ」ことになっている。それは、三谷にまだ何かをさせようとしているからかもしれない。

そこまで考えて、さつきはハッとした。

三谷は「自殺した」ことになっているのだ。警察がそう発表している。

もし、三谷がまた何かの任務を命じられて果したとしても、再び三谷に戻るわけにいかないのだ。

そう。――用がすめば、三谷はきっと抹殺される。

それを止めたいが……。

でも、自分に何ができるだろう。

みね子は、

「私、コーヒーをいれましょうか」

と言った。「旅館でやってるから、上手なんですよ」

7 刻印

社長室に入ることなど、めったにない。

折尾は恐る恐るドアを開けた。

「──何だ？」

とたんに不機嫌な声が飛んできて、折尾は逃げ出しそうになった。

しかし──呼ばれて来たのだ。

「あの……折尾といいます」

と、こわごわ言うと、

「誰だって？　はっきり言え！」

「は……。あの……折尾です！」

少し間があって、

「ああ、そうか」

と、やっと普通の声になる。「入れ」

「失礼します……」

「そこへ座れ」

〈S新聞〉の社長、君山《きみやま》は、広い社長室の真中に置かれたソファを指した。

「は……。失礼して……」

折尾がソファにそっと腰を下ろす。

君山は大きなデスクから立って、ソファにかけると、

「おい」

「はい！」

「お前に言ったんじゃない」

ソファの前のテーブルに小さなマイクがあるのだ。すぐにドアが開いて、スーツ姿の女性秘書が入って来た。

「お呼びですか」

「コーヒーだ」

「かしこまりました」

アッという間に、折尾の前にもコーヒーが置かれた。香りがいい。

「まあ飲め」

と、君山は言った。

「いただきます」

折尾はコーヒーの味が分るくらいには落ちついていた。

「――おいしいです！」

「そうだろ？　その辺のコーヒーとはわけが違う」

と、君山は言った。

もう七十になるはずだが、髪は白いものの、エネルギッシュな印象。

「折尾といったな」

「はあ」

「こういうコーヒーを、ずっと飲んでいたいと思わないか」

「は？」

「転勤になれば、こんなコーヒーは飲めんぞ」

「それは……でも、断るわけには……」

「俺は社長だ。どうにでもなる」

「それはつまり……」

「仕事を頼む。極秘でな」

「はあ。——何でしょうか」

「記事を書くことだ」

折尾は面食らって、

「それはもともと——」

「記事はこれだ」

君山は、大判の封筒を折尾の前に投げ出した。

「何ですか？」

「中を見ろ」

封筒からは大きく引き伸した写真が出て来た。——三枚ある。

男と女が、キスしている。隠し撮りらしい写真だった。

キスして、顔が離れると、見分けられた。

「これは……」

絶句した。女の方は、西脇仁美だったのだ。そして男は——。

「分るだろう」

と、君山が言った。「蔵本泰造と、君の恋人のキスシーンだ」

「仁美が……。これはいつごろの……」

「いつでもない」

「――といいますと？」

「合成した写真だ」

折尾は啞然とした。――記者として、合成の技術にも詳しい。しかし、この写真はどう目をこらしても、合成と思えなかった。

「その道のベテランが手間をかけた」

と、君山は言った。「むろん、充分な金もかけている」

「でも、どうして……」

「これを記事にするんだ。蔵本のスキャンダルとしてな」

「ですが……」

「何だ？」

「そういう記事は週刊誌の方が……。新聞ではどうも」

〈S新聞〉は週刊誌を持っている。男女の不倫の話は、新聞には向かない。

「それぐらい俺が知らんと思うのか」

と、君山が言った。

「すみません」

「新聞があえて取り上げるんだ。これは本当のことだと誰でも思う」

「はあ……」

「もちろん、お前の彼女だ。そんな記事は書けんと言うのなら、それでもいい」

「その場合は、やはり転勤ですか」

「いや、クビだ」

折尾はため息をついて、

「分りました。この写真を載せて、記事を書けばいいんですね」

と言った。

「当然、蔵本の奥さんは怒るだろう。しかし、怒りはこっちでなく、亭主へ向く」

「ですが、仁美はずっと入院しているんですが……」

「分ってる。しかし、そんなことを知っている人間がどれくらいいる?」

「はあ……」

「ほとんどの読者は、あの事件をきっかけに、二人に関係ができたと思うさ」

「でも、それでどうなるんですか?」

「お前の知ったことじゃない」

「でも——」

「後のことは気にするな」

「分りました。社会面ですね」

折尾は写真を封筒へ戻した。

「いや一面トップだ」

と、君山は言った。

何となく様子がおかしかった。

いつもの通り、屋上に車椅子で出てみたものの、普段なら親しげに声をかけてくれる他の患者や、「具合はどう?」と聞いてくれる看護師が、みんな仁美を避けているようなのだ。

何かしら？　私、何かした？

落ち込んだ気分で、一人車椅子でぼんやりしていると、

「やあ」

と、声がして、白衣の見たことのない医師がやって来た。「西脇仁美君だね」

「はい……」

「僕は外科の丸山《まるやま》だ」

と、手を差し出して握手すると、「君の手術を担当することになった」

「手術……ですか」

と、当惑して、「私、聞いてませんけど……」

「そうなのか。てっきり君が希望してるんだと思ったよ」

五十がらみの、少しがさつな感じのある医師は目を見開いて、「君、歩けるようになりたくないの？」

「それは……もちろん、なりたいです」

「だったら簡単だ。僕が手術してあげる」

「はあ……。でも、可能性としては半々ぐらいと言われていますけど」

「誰がそんなことを言った?」

「主治医の佐藤《さとう》先生です」

「ああ、あいつは担当を移ったよ」

「え?」

「何でも慎重に、って奴でね。なに、心配ない。君をちゃんと歩けるようにしてあげるから」

安請合いする丸山という医師の態度は、却《かえ》って仁美を不安にさせた。

「いつ、手術するんですか?」

「早い方がいい。明日にしよう。今日午後からそのための検査に入るから、そのつもりで」

そう言うと、丸山はさっさと行ってしまった。

「どういうこと?」

と、思わず呟く。

すると、

「仁美さん」

と、声がして、

「あ、亜由美さん」

仁美はホッとした。「何だか変なんです、今日は」

「でしょうね」

と、亜由美は肯いた。

「どうしたんですか？」

「これを見てないのね」

亜由美は、手にしていた新聞を、仁美の膝の上に置いた。

〈S新聞〉だ。その一面中央に大きな写真……。

「——こんなこと！」

仁美は愕然《がくぜん》とした。

三枚の写真が並んでいる。夜の街路で、しっかり抱き合ってキスしている男女。

そして離れると——。

「蔵本さんだわ」

「そう。そしてあなた」

間違いなく、仁美の顔が見える。

「こんなこと……あり得ません！」

記事は大きく、〈政界のホープ、不倫の現場！〉と、巨大な見出し文字。

「分ってるわ」

と、亜由美は肯いた。「あなたは、負傷するまで、蔵本さんと知り合いじゃなかったんですものね」

「ええ、そうです。その後はずっと車椅子ですよ。こんなこと、できるわけない」

「合成した写真でしょうね」

と、亜由美は言った。「でも、本当によくできていて、合成だと立証するのは難しいってことだったわ」

「ひどいわ……。私はともかく、蔵本さんが……」

「それよりね、仁美さん、記事を読んでごらんなさい」

と、亜由美が言った。「辛《つら》いでしょうけど」

仁美は読み進む内、新聞を持つ手が震えた。

記事は折尾の名を明らかにして、

〈記者は、かつてこの女性の婚約者だった〉

と書いていた。

〈このような写真を掲載することは、胸のつぶれるような思いだ。しかし、次の日本を担うと言われている議員が、妻ある身で、他の女性とこうしてキスしている光景を目にして、黙っていられなかった。日本のためにも、この写真を載せるべきだと決心したのである……〉

「折尾さんが……」

「彼は少なくとも、これが偽だってことを知ってるわけね。分ってこの記事を書いてる」

「何てこと……。記者として恥ずかしくないのかしら」

「〈S新聞〉が一面トップで、しかも、女性の元恋人が書いているとなれば、みんな信じてしまうでしょうね」

「蔵本さん……。大丈夫でしょうか？」

と、仁美は言った。「私、これは事実無根だって声明を出したい。亜由美さん、力を貸して下さい！」

「ええ、もちろん」

と、亜由美は肯いた。「でも……」

「何ですか?」

「これって、何か裏がありそうな気がするわ」

「裏が?」

そこに、看護師がやって来ると、

「検査です」

と、車椅子を押した。

「あの――ちょっと待って!」

と、仁美は言ったが、

「ちょうど今、CTが空いたんですよ」

と、看護師は構わず車椅子をどんどん押して行く。

亜由美は、仁美が落とした〈S新聞〉を拾い上げた……。

8　救われて

「今夜は多いわね……」

一息ついて、ベテラン看護師の広田伸子《ひろたのぶこ》は呟いた。

もちろん救急病院なのだから、夜中でも救急車が出入りする。

それでも、日によって、その出入りが多いときと少ないときがあるのだ。

宿直の医師は限られている。今夜はほとんど休む間もなく、急患の治療に追われた。

「――お疲れさまです」

と、広田伸子は、外科担当の医師に言った。

中本《なかもと》という四十代の外科医だ。

「今夜はどうなってるんだ？　交通事故がこんなに多いなんて」

と、中本はこぼした。

「本当ですね」

「どこかに、隕石《いんせき》でも落下したんじゃないか？」

中本の言葉に、伸子は笑った。

緊急を要することの多い外科では、こういうユーモアの感覚が大切だ。真剣さだけでは行き詰ってしまうのである。

「今は連絡入ってません。お休みになってて下さい」

「それより、コーヒーでも飲みたいな」

「いいですね。お付合します」

自動的にコーヒーを淹《い》れる機械が置いてあり、味も悪くない。

ただ、紙コップというのが味気ないので、伸子は給湯室にしまってあった、ウェッジウッドのコーヒーカップを出して来て、それにコーヒーを入れた。

「——やあ、ありがとう」

廊下の奥の休憩所で、二人はコーヒーを飲んだ。

「夕方ごろ、玄関の辺りが騒がしかったね」

と、中本が言った。

「ああ、〈S新聞〉に出た写真のことで、取材が」

「何だい、それ？」

「ご存じないんですか？」

仲子の話を聞くと、

「ああ、あの女性のことか」

「ええ。蔵本議員を守って重傷を負ったのに、可哀そうですね。色々言われて」

「その記事、本当なのかい？」

「まさか。だって、彼女は車椅子ですよ。以前からの仲だったとは思えませんし」

「しかし、一旦新聞やＴＶに出ると、みんな信じちまう。怖いな」

「本当ですね。——あら、また？」

仲子のケータイが鳴ったのである。「——分りました。待機しています」

「事故か？」

「そのようです。救急車が三台こっちへ向っているそうで」

「三台も？　やれやれ」

と、中本はコーヒーを飲み干すと、「看護師を集めといてくれ」

「分りました」

言われなくても、伸子は承知している。しかし、言葉を交わすことで、緊張感が生まれて、心構えができる。

サイレンが近付いて来て、たちまち、救急外来の窓口はあわただしくなる。

ストレッチャーがガラガラと廊下を走り、

「輸血が必要！　血液型を調べて！」

「レントゲンの準備！」

「痛み止めの用意して！」

と、声が飛び交う。

「――警察へ連絡してね」

広田伸子はてきぱきと負傷者を受け入れて、処置の指示をした。

一人一人の具体的な対応は若手の看護師がする。伸子は全体を眺めて、見落としがないか、や事故の状況を把握するのが役目だ。

「ご苦労様」

と、救急車の隊員に声をかける。

そして、受付窓口へ入って行くと、

「失礼してます」

と、急に声をかけられ、びっくりした。

「どなた？」

伸子は目の前の、中年の男性と若い女性、そしてダックスフントというふしぎな取り合せの面々を、唖然として眺めていた。

負傷者を降ろした救急車が一台、また一台と病院を後にする。

そして――三台の救急車がいなくなると、夜の闇の中に、もう一、、、台の救急車が現われた。

救急外来の入口は大きく開いたままだ。受付の窓口も今は人がいなかった。

その救急車が静かに入口の正面に停《と》まると、廊下の奥、目につかない一角からストレッチャーがガラガラと押されて出て来た。

「――今だ」

と、そばに付いた白衣の男が言った。「誰も気づいてない。早く運び出そう」

「丸山先生、本当にいいんですか？」

と、看護師が不安げに、「後で私まで何か……」

「心配いらんよ」

外科医の丸山は首を振って、「これは上の方からの指示だ。誰も責任は問われない」

「ならいいんですけど」

「早く救急車へ」

ストレッチャーが救急車の中へと呑《の》み込まれる。

「後は頼むぞ」

と、看護師に言って、丸山は救急車に乗り込んだ。

救急車は静かに走り出した。そして病院から表の通りへ出ようとしたとき、車が一台、救急車の行手を遮った。

急ブレーキをかけて、救急車が停る。すると、救急車の後ろにも、もう一台の車が現われて、挟んだ。

「何してる！」

と、丸山が顔を出すと、

「降りなさい」

と、殿永が言った。「警察の者です。そこに乗っているのは、西脇仁美さんですね」

「何だっていうんだ！　これは病院の指示で――」

「残念ながら、そんな指示は出ていません」

と、広田伸子がやって来て言った。「西脇仁美さんを薬で眠らせて、勝手に連れ出すなんて！」

「これは――頼まれた仕事なんだ！」

と、丸山がむきになって言った。「偉い人に頼まれてのことなんだ！　分ってるのか！」

「患者さん本人の意志を無視して転院させるわけにいきません」

と、伸子は言った。

「全くだ。どこへ連れて行くつもりだったんだ？」

と、中本医師がやって来て言った。「交通事故のけが人で院内は混乱していた。どさくさに紛れて、彼女を運び出そうとしたんだな」

「何も知らないくせに！　どうなるか分ってるのか！」

と、丸山が怒鳴る。

すると、パッと明るいライトが当った。

「TV局が張り込んでたんですよ」

と、亜由美が言った。「ニュースになれば、隠しごとはできませんよ」

「ワン」

と、ドン・ファンが吠《ほ》えて、救急車の中へ飛び乗ると、眠っている仁美の頰をペロペロとなめ始めた……。

「以上、お話ししたことが真実です」

と、仁美は言った。「あの写真は合成したものです。私と蔵本さんの間には何もありません」

――ホテルの小さな宴会場が、記者会見の場になっていた。

入り切れないマスコミの人間が扉の外まではみ出している。

仁美は、亜由美たちに頼んで、会見の場を作ってもらったのだ。

記者たちも、仁美の話をじっと聞いてメモしているばかりだった。

仁美が入院先から連れ出されそうになったことが知れて、あの記事と写真がでたらめだったことも、すでに広く知られていた。

「――あ！」

亜由美は会場の隅で見ていたが、思いがけない人間を見て、声を上げた。

会場がざわつく。

蔵本が入って来たのだ。

「――蔵本さん」

仁美は車椅子のままだった。

「申し訳ない。君には大変な迷惑をかけてしまった」

蔵本は、マイクを取ると、〈S新聞〉の記事がでっち上げだと強調した。

「あの……」

おずおずと手を上げたのは、中年の男で、

「〈S新聞〉の者です。社長から言われて来ました。あの記事に関しては、折尾記者が上に無断で出したもので、折尾はすでに解雇されています」

「まあ……」

仁美は唖然とした。

そんなわけがない。〈S新聞〉は不利な状況になったので、折尾一人を切ったのだろう。

「それが本当かどうか、調べてみたい」

と、蔵本が言った。

そのとき――。

「蔵本!」

という声と共に、三谷が拳銃を手に、飛び出して来た。

みんながあわてて逃げ出そうとする。

「君は生きてたのか」

と、蔵本が言った。

「いけません!」

仁美が蔵本の腕をつかんで、「私のかげに隠れて下さい!」

「いや、二度も君を犠牲にはできない」

と、蔵本は言った。「さあ、撃つなら撃て」

三谷はじっと銃口を蔵本に向けていた。

「――三谷さん！　やめて！」

その声に、三谷は驚いて振り返った。

「さつき！」

「私、生きていたのよ。あなたはまだ誰も殺してない。今ならやめられるわ」

「さつき……」

三谷は拳銃を足下へ落とした。

「良かった！」

さつきが三谷へ駆け寄る。

「――撃たなくて良かったわ」

と、亜由美が言った。「三谷さん、蔵本さんを狙った事情を話して下さい」

「僕は……」

三谷が首を振って、「今の上の人たちの指示だった。蔵本さんを殺すとき、ＳＰはわざと助けないことになっていた……」

「何てことだ」

と、蔵本は怒りの表情で、「暗殺だったのか？　今の日本で。――許されることじゃない」

「証言してくれますね」

と、殿永が三谷へ歩み寄った。「必ずあなたの身を守ります」

「僕よりも、さつきを守って下さい」

さつきが、手を振っている人を見て目を丸くした。

「お母さん！」

「あんたの泊った旅館、ちゃんと分ったよ」

と、安西充子は言った。「あそこの、みね子さんという人から、話は聞いたわ」

「命の恩人なの」

「僕にとってもだ。みね子ちゃんが君を……」

「ええ。――政治のことなんか分らなくても、人を殺すことを止めることはできるのよ」

と、さつきは言った。

「――話します」

と、三谷は殿永に言った。「さつきを死なせたと思っていたので、ここで蔵本さんを殺して死ぬつもりでした」

「生きていて！　待ってるから」

と、さつきが三谷をしっかりと抱いた。

「大変なことになりそうね」

と、亜由美は神田聡子に言った。

「黒幕が分っても、ちゃんと認めるかしらね」

「さあ……。でも、許さないって決心すれば、きっと……」

「ワン！」

と、ドン・ファンがひと声吠えた。

「私、手術を受けますわ」

と、仁美が蔵本に言った。「希望がある以上は、努力してみます」

「そうしてくれ」

蔵本は仁美の手を握った。

「——結婚相手はいなくなっちゃったけど」

と、仁美は言った。「でも、きっとまた……」

ドン・ファンがスタスタと歩いて行くと、会見の机の上にピョンと飛び上って、仁美の方へ、

「クゥーン……」

と、甘い声で鳴いた。

「そうか！」

仁美は笑って、「ドン・ファンがいてくれるわね、私には」

「ワン！」

と、ドン・ファンが力強く吠えた。

「あいつ、本気にしてる……」

と、亜由美はそっと呟いたのだった。

花嫁は日曜日に走る

プロローグ

玄関を出ると、雨は上っていた。

思わず声に出して言った。

「やった！」

天気予報では、雨は昼ごろまで降り続く、ということだったが、雨雲が足どりを速めたのだろう、やっと夜が明けようとするこの早朝に、止《や》んでしまっていたのだ。

それでも、ついさっきまで降っていたのは確かだ。表に出ると、空気がひんやりと冷たく、道は濡《ぬ》れて、ところどころ水たまりができていた。

でも――そう、降ってさえいなければ。

金谷麻美《かなやあさみ》は軽やかな足どりで、まだ人影の見えない通りへと走り出して行った。

空は灰色だったが、夜の名残《なご》りでもあるだろう。段々、明るくなって来れば青空も覗《のぞ》くかもしれない。

水たまりをよけながら、麻美は走っていた。走り出すと、じきに体が暖まって来て、ちょうどいい調子になる。

——金谷麻美は十七歳の高校二年生。通っているのは、N女子高校である。都心からは少し離れたこの住宅地、N女子高に通うには便利だった。

陸上部に入っている麻美は、こうして毎日、早朝のランニングを欠かさない。秋の終りには全国大会の地区予選がある。麻美はすべてを放り出しても走るというほど走ることに情熱を燃やしているわけではないが、全国大会に出るくらいまで行ければ、とは思っている。

「行くぞ!」

と、自分に声をかけて、一気に土手を上る。

川べりの土手の道を駆けるのが、麻美は好きだった。土手の道は車も来ないし、ずっと真直《まっす》ぐに見通せて、走っていても気持がいい。

ただ、今日は……。

「わあ!」

目を見開く。——いつもなら、底の方を静かに流れている川が、今日は茶色い泥水の流れとなって、怖いような勢いなのだ。

昨日、一昨日と雨がかなり降ったせいだろうが、こんな様子になったのを、初めて見た。

もちろん、土手の道の高さまでは大分あるから心配はいらないが、それにしても……。

「凄《すご》いなあ……」

少しの間、麻美は走るのを忘れて立ちつくしていたが、やがて気を取り直すと、土手の道を走り出した。

走っている内に、空が明るくなり、青空も覗いて来た。

うん！　今日もいい調子だ！

汗がしみ出してくる。それも快感だった。

――いつもの通り、そろそろ土手の道から下りようとした麻美は、道に誰かが立っているのに気付いた。

あれ？　――もしかして、あれって……。

近付いて足取りを緩めると、

「ああ、やっぱり……」

と、息を弾ませて、「どうしてこんな時間に?」

と言った。

返事はなかった。その代り、相手はいきなり両手で力一杯、麻美を突き飛ばしたのだ。

思ってもみないことだった。麻美は土手の斜面を、激しい流れに向って転げ落ちて行った。

「助けて——」

と、言葉が出たときには、麻美の体は茶色の流れの中へと呑《の》み込まれていた……。

「ワン!」

珍しく犬のような声で吠《ほ》えたのは(本当に犬なのだが)、ダックスフントのドン・ファンである。

「え? ——もう着いた?」

車の後部座席で眠っていた塚川亜由美《つかがわあゆみ》は、目を覚まして言った。

「まだ少しかかるよ」

と、運転している谷山《たにやま》が言った。

「でも——ドン・ファンが吠えてる」

ドン・ファンがこんなに何度も吠えるのは珍しい。

「窓から外を見てるわ。ちょっと、車を停《と》めて」

「分った」

谷山は車を道の端に寄せて、停めた。

谷山は、亜由美の通う大学の准教授。亜由美の「彼氏」でもある。

この週末、一泊で温泉へと行って来ての帰り。

もっとも、温泉で「恋の一夜」というわけではなく……。

「どうしたの、亜由美？」

もう一人、眠っていた亜由美の親友・神田聡子《かんださとこ》も目を覚ました。

亜由美がドアを開けると、ドン・ファンが勢いよく駆けて行く。

「おいしいものでも見付けた？」

と、聡子が訊《き》く。

「まさか。——ドン・ファン、どこ行くの？」

亜由美が追いかけて行くと、ドン・ファンは道に沿って流れる川へと向った。

「ちょっと！　気を付けないと落ちるわよ！」

と、亜由美は言った。

ドン・ファンが川へ向って激しく吠える。

「流れが凄いな」

と、谷山がやって来て言った。「雨が続いたからな」

「ね、見て！」

と、亜由美は目を見開いた。

川べりに、どこかから流されて来たのだろう、自転車が倒れて、半ば流れに浸っていた。そして、その自転車に引っかかるようにして、人間が——おそらく女の子が顔を出して浮んでいたのである。

「人間だわ」

と、後からやって来た聡子が言った。

「溺れたんだ！」

谷山が川へ近付こうとして、「足下が……危いな」

茶色い流れは、おそらくいつになく水量も多く、勢いが激しい。川べりの土を削り取るようだった。

「でも――助けなきゃ」

と、亜由美が言った。「聡子、一一九番しておいて」

「分った！」

聡子が急いで車へと戻って行く。

「よし。――ともかく近付いて、引き上げよう」

と、谷山が言った。

「だめよ」

「だめって……。放っとくのか？」

「あなたが流れに落ちたら。――私、あなたの体を引張っておけない。つかまえておくには、あなたの方が体重あるし」

「ああ……。じゃ、どうするんだ」

亜由美は大きく息をつくと、

「私が行く」

「しかし――」

「私の方が軽いわ。私をつかまえてて。放さないでね」

「おい、本気か？　危いぞ」

「分ってるけど、見捨てておけないでしょ」

見ている間にも、流れの力で、自転車が引きずられていく。当然、引っかかっている女の子も流れに呑まれそうになる。

「行くわ！」

「おい……」

亜由美は流れの方へと近付いて行った。足下の土が雨のせいで柔らかくなっていて、足が潜りそうになる。

「気を付けろ！」

谷山は精一杯手を伸して、亜由美のジーンズ生地のジャケットの裾をギュッとつかんでいた。

「もう少し……。あと三十センチ……」

十代の女の子らしく見える。生きているのかどうか、顔を泥水が洗って行くが、目を開ける様子はない。

亜由美は懸命に手を伸して、女の子の手を何とかつかんだ。

「つかんだわ！　引張って！」

と、谷山へ叫ぶ。

その瞬間、亜由美の足下で土が崩れた。流れの中へと呑み込まれて行く。

「キャッ！」

ズルッと滑って、亜由美は尻もちをついてしまった。しかし、女の子の手はしっかりつかんでいた。

「谷山さん！　もっと引張って！」

「これでも頑張ってるんだ！」

両足を踏んばり、谷山も必死で亜由美を引張る。少女の体が少しずつ流れから現われて来た。

「もう少し……。あと……十センチ」

谷山が必死で引張る。亜由美も女の子を何とか流れから引き上げたが――。

「ワッ！」

泥に足を取られて、亜由美は思い切り地面にうつ伏せに倒れ込んでしまった……。

1　泥の人形

「あらまあ」

と、母の清美《きよみ》が目をパチクリさせて、「みごとに泥だらけになったもんね。どこが顔？」

「お母さん！　自分の娘ぐらい見分けがつくでしょ！」

と、亜由美は口を尖《とが》らして、「着替え、持って来てくれた？」

「ええ、この手さげ袋の中。パンツから一通り、全部揃《そろ》ってるわ」

と言って、清美は笑い出してしまった。「泥人形ね、まるっきり」

「笑うなんて！」

亜由美は引ったくるように手さげ袋を取ると、「すみません、シャワー借りたいんですけど」

と、看護師に言った。

「こちらです」

と、案内してくれる。

——あの女の子を運んで来た病院である。救急車に、亜由美も乗せてもらって来た。

入院患者用のシャワールームで、亜由美は裸になると、もうすっかり乾いてしまった泥を、シャワーで洗い流した。

清美が笑うのも無理はないほど、顔も頭も泥まみれになってしまった。

まあ、家へ帰って、お風呂に入らなくてはいけないが、それでも何とかさっぱりすると、手さげ袋の中のバスタオルで体を拭き、服を着た。

気が付くと、ドン・ファンが亜由美を眺めている。

「こら！　何見てるのよ！」

と、にらんでやって、「あんたの好みはあの女の子の方でしょ」

「クゥーン……」

と、ドン・ファンが甘えた声を出す。

変ったダックスフントで、美少女趣味がある。

「——何よ、このスカート」

ブツブツ言いつつ、それでも服を着てシャワールームを出る。

「あ、大丈夫？」

聡子だ。——救急車について、谷山の車でやって来たのである。

「何とかね。——谷山さんは？」

「お母さんと話してたよ」

と、聡子は言った。「あの女の子、どうなの？」

「さあ……。そこまで聞いてない」

と、肩をすくめ、「ともかく、この病院に着いたときは生きてた」

「意識戻ったの？」

「さあね。——どれくらい水を飲んでるか、だって看護師さんが」

そこへ、谷山がやって来た。

「おい、大丈夫か？」

「うん。シャワー浴びて、やっと泥人形から人間に戻った」

「君は全く……」

と言うなり、谷山は亜由美を抱きしめた。

亜由美は面食らったが、ちょっと胸が熱くなった……。

「――お邪魔してどうも」

と、咳払《せきばら》いしたのは……。

あわてて谷山から離れた亜由美だったが、

「殿永《とのなが》さん！」

顔なじみの殿永部長刑事が、いつもの大きな体で、照れくさそうに立っている。

「いや、どうも……。タイミングが悪くて」

と、殿永は言った。

「そんなことないですよ」

と、亜由美は言った。「別にキスしてたわけじゃなし。抱き合ってるぐらい、どうってことない。――ねえ？」

「そう……だね。本当はキスをしたかったけど」

と、谷山を見る。

「何もわざわざ言わなくたって！」

亜由美は思い当って、「殿永さん、うちの母から連絡が行ったんですね？」

母、清美は殿永の「メル友」を自認している。

「亜由美さんが溺れかけた少女を助けようと濁流へ飛び込んだと……」

「また、オーバーなんだから」

と、亜由美は苦笑して、「飛び込んでたら、一緒に死んでますよ」

亜由美が正確な状況を説明すると、

「いや、それは立派な行為です。その女の子は――」

「まだ、どうなったか聞いてないんですけど。あ、ちょうどお医者さんが」

中年の医師が汗を拭きながらやって来て、

「何とか水を吐いて、呼吸ができるようになりました」

と言った。

「良かった！　助かったんですね」

「まだ意識は戻りませんが、大丈夫でしょう。しかし、どこの誰なのか……」

「分りませんね。意識が戻れば……」

「家族から、捜索願が出ているかもしれませんよ」

と、殿永が言った。

「あ、そうですね。あの子――十六、七でしょうか？」

「そんなところでしょう。着ていたのはトレーニングウェアでしたから、たぶん早朝のランニングでもしていて、川へ落ちたか」

「どれくらい流されて来たんでしょう？」

「さあ。――しかし、水を飲んだにしても、ああして無事だったわけですから、そんなに遠くからではないと思いますよ」

と、医師は言った。「ともかく、助けられなければ、確実に溺死していたはずです」

「この人は、これまでにも何人もの命を救ってるんです」

と、殿永が言ったので、亜由美はちょっと得意である。

「――身許《みもと》の分るようなものは何も持っていませんでした」

と、医師が言った。

「目が覚めれば……」

と、亜由美は言った。「私、表彰されるかしら？」

冗談でそう言ったのだが、

「あら、本当？」

と、口を挟んだのは母の清美で、「賞金が出たら、私と折半ね」

「お母さん！　お母さんは何もしてないじゃないの」

「日ごろ親孝行してないから、その埋め合わせよ」

清美は大真面目《おおまじめ》に言った。

――いずれにしても、救われた少女が意識を取り戻せば、どこの誰か分るだろうし、その前に、家族から捜索願が出ていれば、そっちから身許も知れるだろう。

「じゃ、私、帰るわ」

と、亜由美は言った。「送ってくれる？」

「いいとも」

谷山としっかり腕を組んで、亜由美はニッコリ笑ったのだった……。

2　予想外

「ゆうべ、遅かったの？」

と、神田聡子に訊かれて、亜由美はすぐには答えられなかった。

欠伸《あくび》が出たのである。さっきから何度めだろう。

「うーん……。そうね。たった、八時間しか寝なかった」

大学の学食で、お昼を食べながら、亜由美はなぜか本当に眠かった。

「信じらんない」

と、聡子が首を振って、「要するに、緊張感に欠ける？　たるんでる、ってこと？」

「否定はしないわ。午後の講義に出ても、きっとほとんど眠ってるわね。先生にも失礼だからサボろう」

「そっちも失礼でしょ」

――この問題多き世にあっての大学生の会話としては、あまりに危機感がないと言わざるを得ないだろう。

秋の一日。少しひんやりとするぐらいの気候で、塚川亜由美としては一番好みの季節。

朝も家でしっかり食べ、今も昼食を〈A定食〉プラス〈パンケーキ〉……。お腹《なか》が一杯になって、当然眠気が訪れた、という状況なのである。

「亜由美、寝るなら図書館にでも行って寝れば？　ここで寝ると目立つよ」

しかし、眠気の他にも、亜由美を訪れたのは……。

「あの……失礼ですが」

と、おずおずと声をかけて来たのは、大学生にしてはやや若過ぎる感じの女の子だった。

「は？」

亜由美はかなりトロンとした目でその女の子を見上げた。

「塚川さん……でしょうか」

と、その女の子は言った。

「ええ……。あなたは？」

どこかで見たような子だ、と思ったが、

「私、塚川さんに助けていただいた……」

「ああ！」

亜由美も目が覚める気がして、「あのときの――。もう元気なの？」

溺れかけていた少女を、泥だらけになって助けた、あの日から、そろそろ二十日ほどたとうとしていた。

亜由美は、その後少女がどうしたか、全く知らなかった。表彰されることもなかったし、ＴＶで話題になりもしなかったのである。

「ありがとうございました」

と、女の子は深々と頭を下げて、「塚川さんが、危険も顧みずに私を川から引張り上げて下さったこと、殿永さんから伺っています」

「殿永さんから聞いたの？　そうか。――それでこの大学も……。かけたら？」

と、空いた椅子をすすめる。「でも、元気そうで安心したわ」

「おかげさまで」

泥水に浸っていた姿しか見ていなかったので、今の少女は別人のように明るく、可愛《かわい》く見えた。

「今日退院したんです」

「そうだったの。お家《うち》の人も喜んでるでしょうね」

「はあ……」

「そういえば、あなた、何ていう名前なの？」

と、亜由美が訊くと、少女はちょっと困ったような表情になって、

「それが……分らないんです」

と言った。

「──え？」

「思い出せないんです。何も」

「思い出せないって……。じゃ、ご両親も？」

「分りません」

亜由美は面食らって、

「でも……殿永さんは調べてくれなかったの？」

「捜索願の出ている分は当ってくれたんですけど、分らなくて」

「そんな……。じゃ、記憶を失《な》くしてるってこと？」

「みたいです」

「じゃあ……年齢も？」

「たぶん十代だと思いますけど、はっきりとは……」

「お家がどの辺か、とか、どうして川に落ちたかとか……」

「何も憶《おぼ》えていないんです」

すっかり眠気のさめてしまった亜由美、今度は他のことが気になっていた。

「あなた……その服……どこかで見たような……」

「ええ、亜由美さんの服をお借りしてます。ちょうどサイズ、ぴったりで」

「やっぱり！　どこかで見たような服だと思った」

と、亜由美は肯《うなず》いて、「でも――どうしてあなた、私の服、着てるの？」

「お母様から、『亜由美の、高校のころ着てたのがあるから、着てみなさい』と言われて」

「うちの母から？　でも……」

と、そこへ、

「やあ、ここだったか！」

と、殿永がやって来たのである。

「殿永さん。どういうこと？」

「聞きませんでしたか？　この子の身許がさっぱり――」

「それは聞きましたけど、どうしてうちの母が私の服をこの子に？」

「当面、お宅でこの子を預かっていただけることになったんです。清美さんにお話ししたところ、『じゃ、うちに来ればいいわ』と、即座に言って下さったので……」

「は……」

啞然《あぜん》とするばかりの亜由美だった。

「あの……亜由美さんはご承知じゃなかったんですか？」

と、少女が訊く。

「まあね。――うちは、家族一人一人が独立してるの」

他に言いようがない。

その少女が「お昼をまだ食べていない」というので、聡子がついて、注文に行った。

「――殿永さん、変じゃありません?」

と、亜由美は殿永と二人になると言った。

「確かに」

と、殿永も肯いて、「あれぐらいの年齢の子が一人暮しとも思えませんしね。川の周辺地域で、捜索願の出ている分を、一つずつ当ってみたのですが、該当するのが見当らないのです」

「どういうことなんでしょう?」

「もう二十日近くたってるわけですからね。TVか新聞で、顔写真を公開しようかと。――もし、家族に何らかの事情があって届けが出ていないとしても、学校の友人や先生などで、心当りの人がいるでしょう」

「そうですね」

亜由美は少しホッとした。このまま、あの子をずっと塚川家で養うことになったら、と心配していたのだ。

特に、あの女の子、父の塚川貞夫《さだお》好みの可愛い娘だ。気に入ったら、

「うちの養子にする」

とでも言い出しかねない。

ランチをペロリと平らげたその少女を見て、

「その食欲は、やっぱり十代だね」

と、聡子が言った。

「でも——差し当り、名前がないと不便よね」

と、亜由美は言った。「何がいい？」

「さあ……。何でも……」

「何でも、と言われてもね」

と、亜由美は眉を寄せて、「うん……。今、秋だから『秋子《あきこ》』は？」

「安直だ」

と、聡子が言ったが、

「じゃあ、『秋《あき》』でいいです」

と、少女が言った。「『秋』そのもの。分りやすいし」

「本人が言ってるんだから、それでいいわね」

とりあえず、少女は「塚川秋」と名のっていいことになった……。

「ごちそうになっていいんですか?」

学食でコーヒーまで飲んでいる一同。——塚川秋がそう言った。

「いいわよ、それぐらい」

と、亜由美は言った。「だって、あなた、お金、持ってないでしょ?」

「ええ……」

「大丈夫。ちゃんとお母さんに払わせる。——秋ちゃんの分、って言ってね」

「ありがとう。——お姉さん」

お姉さん、なんて呼ばれたことのない亜由美。

「そんな……いきなり呼ばないでよ」

と、照れて赤くなっている。

でも、何だかちょっと嬉《うれ》しい気分だった。

「ワン」

「あら。——ドン・ファン、どうしたの?」

学食へノコノコ入って来たのはドン・ファンと、清美だった。

「お母さん！　どうしたのよ、こんな所まで」

「あんたがこの可哀《かわい》そうな子をいじめてやしないかと思ってね」

「冗談じゃない」

「私、『秋』って名をもらったんです。お姉さんから」

と、秋が言った。

「まあ！　それは良かったわね。殿永さんが、責任を持って、この子の身許を調べてくれるから。それまでは私のことを『お母さん』と呼んでね」

全く……。

どうなっちゃうの？

「亜由美」

「何？」

「私、お昼、まだなの。ここはあんたの縄張りでしょ、おごって」

「娘にたかるの？」

「失礼ね。ハエじゃあるまいし」

「じゃ、私が運びます、お母さん」

と、秋が立ち上る。

「好きにして」

亜由美は、少々ふてくされて、新しい母と娘の仲むつまじい姿を眺めていた……。

3　火事

「この辺から流されたとすると、まず助からなかったと思うんですがね」

と、殿永は言って、少しゆっくり車を走らせた。

「どう、秋ちゃん？」

と、助手席の亜由美が訊いた。

「ええ……」

後ろの座席に乗った秋は、左右の風景へ目をやっていたが……。

「何だか……見たことがあるような気もしますけど……。でも、違うような気もして」

「仕方ないよ」

と、殿永が慰めた。「焦らないことだ」

「クゥーン」

後ろの席には、ドン・ファンも同乗していた。

「ドン・ファンが私に気付いてくれたんですよね」

と、秋は言った。「感謝しなきゃ。ありがとう、ドン・ファン」

秋がドン・ファンの鼻先にチュッとキスすると、ドン・ファンは座席にドテッと引っくり返ってしまった……。

「――おや」

殿永が車を停めた。

「どうしたんですか？」

と、亜由美が訊く。

「その奥の家が……」

川の土手に沿った道から少し入った家が焼け落ちていた。

「火事があったんですね」

「この前ここを通ったときは、気が付かなかった。最近の火事ですね」

殿永は少し考えていたが、「念のためだ。降りてみましょう」

と言った。

亜由美たちも車を降りると、焼け跡の方へと歩いて行った。焼け跡にはロープが張られている。

「一軒家ですね」

と、殿永は言った。

そう広くはないが、すっかり焼けてしまっている。両側の家は、焼けてはいないが、外壁が黒く焦げていた。

カタカタと音がして、振り返ると、ショッピングカートを引張って、年輩の女性がやって来た。

「――失礼ですが」

と、殿永が声をかけた。「この近くの方ですか？」

「そこですよ」

と、その女性は焼けた家の隣家を見やった。

「お隣ですか、この焼けた家の。大変でしたね」

「ええ、今にも燃えるかと思ってね、うちも。何とか無事でしたが」

「この家が焼けたのはいつです？」

「ちょうど……一週間くらい前かね」

「何という家でした？」

「ここかい？　金谷《かなや》って家だったよ。ほとんど付合はなかったけど」

「もしかして、この女の子をご存知ありませんか？」

殿永が、秋を指して、「この辺に住んでいたと思うんですが」

「この子？　――さあ」

と、その女性は首をかしげて、「見憶えないわね」

「そうですか」

「自分で、どこに住んでたか、分らないの？」

「ちょっと事故にあいましてね」

「まあ、そうでしたか。可哀そうに。――じゃ」

「お引き止めして」

その女性は隣りの家へ入って行った。

「殿永さん」

と、亜由美は言った。「この家が、秋ちゃんの……」

「もしかしたら、と思ったんですが……。いや、勘が外れました」

殿永は、それでも焼け跡を、しばらく眺めていた……。

「隣家の住人」、黒岩靖代《くろいわやすよ》は、玄関を閉め、買って来たものを冷蔵庫へ入れると、ケータイを取り出して、居間に腰をおろした。

番号を押して、少し待つと——。

「あ、もしもし。——私、黒岩です。金谷さんのお隣の。——ええ、そうです」

と、低く押えた声で言った。「今、金谷さんのとこの娘さんに会いましたよ。——ええ、元気そうでした。他に何人かついて来てて。——そうですね、知ってるかって訊かれたから、見たことないって言っときました。それでいいんですよね？」

黒岩靖代は笑みを浮かべると、「お約束でしたよね。もし、こんなことがあったら、お礼をいただける、って。——忘れちゃいやですよ」

少し相手の話に耳を傾けていたが、

「ええ、そんなことはどうだっていいんです。こっちは、払うものさえ払っていただけりゃね」

と言った。「それで？　――ええ、分りました。約束は守って下さらないとね。それに――少々その金額はお安いんじゃありません？　こっちは、後で分ったらまずいことになるんです。もう少し考えていただかないとね……」

ファンファーレが力強く鳴り響いた。

競技場のドームに、その音は複雑に反響した。

「華やかな光景です！」

と、マイクを手に叫んでいるのは、ＴＶ局の人気キャスターだった。

もちろん、ＴＶカメラがその姿をしっかり捉えているのである。

真赤なブレザーを着るには、そのキャスターはいささか地味な中年男だったが、そんなことは気にしていなかった。

「あと一年と迫りましたオリンピックに向けて、あたかも本番そのものの如《ごと》く、目のさめるような真紅のブレザーに身を包んだ日本スポーツ界を代表するアスリートたちが、今、トラックを行進して来ます！」

キャスターの声は上ずって、かすれ気味だった。

「スタンド正面には、この光景を満足げに見下ろす、結城広政《ゆうきひろまさ》オリンピック実行委員会会長の姿があります！」

その老人の口もとには満足げな笑みが浮んでいた。

結城広政は元副首相で、「スポーツ界のドン」と呼ばれる人物である。すでに八十歳になっているが、一年後のオリンピックを自分の人生の花道とすべく、あらゆる手を打って来た。

結城を取り囲むように、スポーツ界の大物たちが並んでいる。ほとんどが、かつてオリンピックや国際大会でヒーロー、ヒロインとして活躍した面々で、むろん今は面影もなく、老けて太っているが、行進していく若い選手たちを満足げに見下ろしている。

「結城先生」

と、結城のすぐそばに立っていた女性がそっと言った。「大丈夫ですか？」

小畑邦子《おばたくにこ》は、かつて体操女子の華と言われた。今は五十五歳。結城のお気に入りだった。

「大丈夫だ」

結城は、ちょっと眉をひそめて、「TVカメラが見ている。妙なことを言うな」

「ええ……」

小畑邦子は笑顔を見せながら、「私はただ先生の体を心配して……」

「分っとる。こんな場で倒れるような真似《まね》はせん」

小畑邦子を、反対側に立っていた男がつついた。

余計なことを言うな、という意味なのである。

蔵田賢二《くらたけんじ》は、このメンバーの中では、元アスリートではない、数少ない一人だった。

「もっと派手にできなかったのか」

と、結城が小畑邦子を通り越して、蔵田へ言った。「これじゃ、TVの絵としては単調だ」

「先生、本番じゃないんですから」

と、蔵田は肩をすくめて、「ここで、そう金はかけられません」

「まあ、そうかな……」

結城はそれでもやや不満そうだった。

「先生は、お気に入りの可愛いキャスターが来てないからご不満なんでしょ」

と、小畑邦子がからかった。

「どうしても都合がつかなかったんですよ」

と、蔵田が言った。「でも、夜の打上げには必ず来ますから」

――蔵田賢二は〈K建設〉の社長。オリンピックのメイン会場の建設を手がけて、結城とは深くつながっていた。

「失礼」

蔵田は、秘書が合図しているのを見て、その場を離れた。

「――どうした」

「ケータイに」

と、秘書がケータイを渡す。「例の件です」

蔵田はケータイを手にすると、スタンドから階段を下りて、

「もしもし」

と言った。「蔵田だ」

「望月《もちづき》です」

と、男の声。「金谷有里《ゆり》ですが」

「母親の方だな。どうなった?」

「姿をくらましています」

「何だと?」

「おそらく、自宅が焼けたのを放火と気付いて、危険を感じたのでしょう」

「見付けろ!　何としても」

「分っています。手は打ってあります」

「それなら——」

「ただ、網を広げようと思うと、もっと人手が必要でして」

「金か」

「今は何ごとも金です」

「分った」

蔵田はため息をついて、「俺のポケットマネーでは限りがある。秘書から連絡させる」

「よろしく。むろん現金でお願いしますよ」

「分ってるとも」

「それから、もう一つ」

「まだ何かあるのか」

「金谷の娘ですが、生きていました」

「何だと？」

蔵田の表情がこわばった。「しかし、間違いなく──」

「偶然、助けられたようです」

「それはまずいぞ」

「ご安心下さい。記憶を失って、自分が誰かも分っていません」

「そうか……。しかし、記憶が戻ったら……」

「大丈夫です。その前に手を打ちます」

「頼むぞ」

──蔵田は通話を切ると、グラウンドから一斉に歓声が上るのを聞いて、急いでスタンドへと戻って行った。

4 友情

聞こえなかったはずはないのに、そのまま行ってしまおうとする後ろ姿に、エリは、

「松永《まつなが》先生！」

と、もう一度呼びかけた。

ちょうど廊下をやって来た生徒がいて、それを見ていた。松永は足を止めて、

「何だ」

と振り返った。「堀口《ほりぐち》か。俺を呼んだのか」

「はい」

堀口エリは、松永望《のぞむ》へと歩み寄って、「何か分ったんですか？」

と訊いた。

体育教師の松永は、浅黒く日焼けした顔をちょっと歪《ゆが》めて、

「いきなり何の話だ」

「先生、決ってるじゃないですか。麻美《あさみ》のことです。何か分ったんですか」

「ああ……。金谷のことか。そうならそうと言え。教師はな、忙しいんだ。色んな用事を抱えてる。お前たちにゃ分らんだろうがな」

「でも、先生が言ったんですよ。『何か分ったらすぐ知らせる』って。でも、何も聞かされてないんで――」

「何か分ったら知らせる、と言ったんだから、何も言ってないってことは、分ったことはない、ってことだ。当り前だろ」

松永は苛立《いらだ》った口調で、「会議がある。急ぐんだ。いいな」

「でも、麻美と連絡が取れないって、おかしいですよ。お家《うち》の事情で引越したとしても、ケータイまで換えるなんて」

「どんな事情かまで、俺は知らん。ともかくお前はおとなしく練習してりゃいいんだ」

ほとんど怒鳴るような口調でそう言うと、松永はエリに背を向けて、さっさと行ってしまった。

エリは、唇をかんで、松永の後ろ姿をにらんでいたが、そんなことも空《むな》しくて、廊下を戻って行くことにした。

堀口エリはN女子高の二年生。小柄だが、よくバネの利く体つきで、陸上部の有力選手の一人だ。

「おかしい……」

同じ陸上部で親友同士だった金谷麻美が、突然学校へ来なくなって、もう一か月もたつ。

陸上部の顧問をつとめる松永から、

「金谷は、家の都合で転校した」

と聞かされたが、どんなわけがあっても、エリに黙っていなくなるはずはない。

ケータイもつながらなくなり、心配になったエリは、麻美の家へも行ってみた。

母親と二人暮しだった麻美。——家には誰もいないようだった。

エリは学校の事務室に行って、麻美が転校するという届け出もしていないことを知った。つまり、麻美は突然姿を消したということなのだ。

松永に、「家の都合で転校した」と言ったのはどうしてなのかと訊いたが、

「そんな話を誰かがしてたんだ」

と、明らかにごまかしていた。

エリは、もともと松永のことがあまり好きでない。校長や理事にいい顔をするために、陸上部の部員たちに無理をさせたりすることがしばしばあって、麻美とエリは松永に抗議したりしていた。

――テストが近いので、今日はクラブ活動は休みだ。

エリは帰り仕度をして学校を出ると、

「もう一度、麻美の家に行ってみよう」

と呟《つぶや》いた。

帰宅が少し遅くなるが、どうせ母は遊びに出掛けて帰りは八時ごろ。夕食はその後になる。

バスで駅に出ると、自宅とは反対方向の電車のホームに上って行った。

エリも、N女子高のような私立では、ごくたまにだが、突然生徒が来なくなることがあるのは知っていた。

N女子は小学校からあって、エリは中学から入ったのだが、やはり私立だけに月謝なども高く、父親の会社の倒産とか、突発的な出来事で、「夜逃げ」同然に一家で姿を消すことがあるのだ。

しかし、麻美の家は、母親が――確か金谷有里といった――とてもしっかりした実業家で、エリもよく知っている。何かあっても、突然いなくなるような人ではない。

「電車が参ります……」

と、アナウンスがホームに流れた。

まだそれほど人は多くない。――エリは、〈乗車位置〉に立って、ホームへ入って来る電車を見ていた。

そのとき――誰かの手が、エリの背中を押した。間違ってぶつかったというのではなく、はっきり、両手が背中に感じられた。

全く予期していなかった。エリはホームから線路へと落ちた。

しかし、いつも運動しているエリの反射神経は、落ちる瞬間、体を丸めて身を守っていた。――電車が来る！

持ち前のバネで、エリは飛び上るように立って、線路の向う側へ走っていた。

急ブレーキの音がして、火花が飛んだ。

よろけながらも、エリは倒れずに踏みとどまった。

「あ……」

鞄《かばん》が、電車の下に。バリバリと音がして、鉄の車輪が鞄を切断するのが見えた。

「やだ……」

もちろん、命にはかえられない。鞄がひかれただけで良かったのだ。

鞄が私の代りにひかれた。――そう思った。

ホームで騒ぎになっているのが、人の声で伝わって来た。

エリは改めてゾッとした。

誰かが私を突き落とした！　はっきりと、意図を持って突き落としたのだ。

それは「殺そうとした」ということだ。

「まさか……」

と呟く。

でも、確かだ。エリが転落して頭を打ったり、足を挫《くじ》いたりしていたら、おそらく今ごろはひかれて死んでいただろう。

私を殺そうとした？　でも、どうして？　誰が？

駅員が、電車の扉を開けて、

「大丈夫か！」

と、声をかけて来た。

「ええ、何ともありません」

エリはしっかりした声で答えた。


「先生！」

甲高い声が、結城の耳に届く。

結城はすぐにそれまでしゃべっていた土木会社の社長に背を向けて、

「おい、ここだ」

と、手を上げて見せた。

「すみません！」

ほっそりしたスーツ姿の女性は、Sテレビのニュースキャスター、神西《かみにし》みどりだ。

「遅いぞ」

と、結城が言った。

「すみません。今日、伺えなくて。ずっと前から決っていた生中継の番組があって、どうしても抜けられなかったんです」

「どうせ、どこかのタレントかアイドルと会ってたんだろう。八十歳の年寄りよりは面白いだろうからな」

「先生、そんな……。いじめないで下さいよ」

と、少しすねたような表情になる。

結城が、その表情を気に入っていることは、ちゃんと承知していた。

「今来たのか？　何か飲め」

「ええ。でも、私、お腹《なか》ぺこぺこで！　お昼食べる暇もなかったんですよ」

今日昼間の、〈開会式予行演習〉の打上げを、ホテルの宴会場で開いていた。

「じゃ、食って来い」

と、結城は笑って、「その代り、後の酒は付合えよ」

「はい！　じゃ、失礼して」

神西みどりは二十八歳。キャスターと名のるほどの実績はないのだが、美人で人気があり、「視聴率が取れる」のだ。

そして何より、結城広政のお気に入りである。Sテレビはオリンピックの中継の権利をめぐって、結城に取り入るために、神西みどりを大いに利用していた。

「先生、良かったですね」

元体操選手の小畑邦子が、結城を冷やかすように言った。

「何だ、お前か」

「どうせ私は『何だ』でしょうけど。——この間のお話、よろしくお願いしますね」

「何の話だ？ 俺は忙しい。色んな話を聞いてるからな」

「そんな……。聖火リレーのことです」

と、邦子は言った。

「ああ、何か言っとったな。何だった？」

「もう、人をからかって」

と、邦子は口を尖《とが》らした。「聖火リレーのルートを——」

「先生！」

いい加減酔っ払ったTV局の幹部がやって来て、話に割り込んだことにも気付かず、「いい演出家を見付けたんです！　こいつは絶対お勧めです！」

「今さら演出家を変えられるか」

「でも、全部を一人じゃ無理ですよ。最新のテクノロジーに通じてる人間が必要です」

「それはそうだが……」

「ご紹介しますから！　お願いしますよ！」

と、結城を引張って行ってしまう。

「何よ……」

小畑邦子はムッとした気持ちを隠しもせずに、

「本当に頭に来る！」

と、口に出した。

「何を怒ってるんだ？」

と、やって来たのは、〈K建設〉の蔵田である。

「TV局に腹立ててるの。図々しいったらありゃしない」

「ああいう連中はうまく利用してやりゃいいのさ。本気で相手にしてたらだめだ」

「私、あなたほど人間ができてないの」

と、邦子は言い返して、「あなたも力になってよ」

「結城先生のことか?」

「ずっとお願いしてるのよ。聖火リレーのルートのことで」

「そうか。しかし、大変だぜ。希望は数え切れないくらい来てる」

「だからこそ、先生の力がいるのよ」

「まあ、頑張れ」

「冷たいのね」

と、邦子は蔵田をにらんだ。

「からめ手から攻めてみたらどうだ?」

「何のこと?」

「あれさ」

蔵田が見ていたのは、キャスターの神西みどりだった。皿に山盛りの料理を取って、食べている。

「あの子が?」

「みどりに言わせりゃ、先生も忘れない。こんな所で先生に頼んだって、委員会じゃ忘れちまってる。何しろ八十だ」

「そうか……。私だって、昔は可愛《かわい》かったのに」

かつて小畑邦子はタレント並みに人気があった。

スポーツ選手の現役は短い。邦子は三十代半ばまで頑張ったが、練習中に負傷して引退。

一時は毎日のようにＴＶに顔を出していたが、もうそれから二十年だ。

体育大学の教授やスポーツクラブのコーチをつとめて来た。しかし、今、小畑邦子を憶《おぼ》えている若い選手はほとんどいない。

「それより」

と、蔵田が少し声をひそめて、「結城先生を喜ばせる仕事がある」

「何なの、それ？」

「少し危い橋を渡らなきゃならないがね」

邦子は一瞬迷ったが、

「忘れた？　平均台から落ちないことで有名だったのよ、私」

と言った。

蔵田が笑って、

「それじゃ、このパーティの後、ゆっくり話そう。二人きりで」

その言葉をどう受け取っていいか、邦子は分らなかったが、断る手はなかった。

「もちろん、OKよ」

と、微笑《ほほえ》んで見せたのだった。

5　目撃

「突き落とされた、って……。考え違いじゃないの？」

と、堀口エリの話を聞いた警官は渋い表情で言った。

「いえ、本当です。背中を押されたんです」

と、エリはくり返した。

「しかしね……。君、誰かに恨まれてるのかい？」

「覚えはありませんけど」

「だろ？　女子高生がそんな……。下手《へた》したら電車にひかれて死ぬところだよ。君を殺そうとしたとでも言うのかい？」

「やった人の気持は分りません。でも、本当です」

駅の事務室で、エリは警官に話をしていた。しかし、その若い警官は、明らかに、

「事件になるのは面倒だ」と思っていた。

「こんなことで嘘《うそ》つきませんよ」

と、エリはムッとして、「鞄まで潰されちゃって」

「まあ、しかしね……。誰がやったか、心当りでもあればともかく……」

そこへ、

「失礼します」

と、駅員が顔を出した。「あの様子を見ていたという人が」

「誰だい？」

入って来た若い女性は、

「塚川亜由美といいます」

と、大学の学生証を見せて、「黒いコートの男が、この子を突き落としたんです」

「ほらね！」

と、エリは声を上げた。

警官はうんざりしたように、

「ともかく……被害届を出してもらって……」

と言った……。

「頭に来ちゃう！」

と、事務室を出て、エリは言った。

「ちゃんと調べてもらえるわよ」

と、亜由美は言った。「でも、あなた、身が軽いのね。普通なら助からなかったわよ」

「私、陸上部で。スポーツやってるからでしょうね。でも鞄がこんな……」

手さげの紙袋の中に、バラバラにされた鞄と中身が入っていた。「ケータイが無事で良かった！」

と、手に取ると、かかって来る。

「誰だろ？　――もしもし？」

エリは足を止めて、「あ……。金谷さん？　麻美のお母さんですか？」

「大きな声を出さないで」

と、相手が言った。

「あの――」

「今、どこにいるの？」

声は確かに金谷有里だ。しかし、どこか差し迫った口調は、エリの聞いたことのないものだった。

「駅です。あの――麻美はどうしてるんですか？　急に連絡とれなくなって」

「ごめんなさい」

と、金谷有里はため息をついて、「どういうわけか、狙われているらしいのよ、私」

「え？　麻美も？」

「あの子は行方が分らないの」

「そんな……」

エリは足を止めた。「何があったんですか？」

「話したいけど、あなたまで危い目にあったら、と思って」

「もう、あいました」

と、エリは言った。

「え？」

「私、殺されかけたんです」

エリが手短かに話すと、

「まあ……。それって、もしかすると私たちのことと関係あるかも……」

「教えて下さい。私、お宅にも行ったんですけど――」

「家は焼けたわ」

「焼けた？」

「放火ね、きっと。私はたまたまいなかったの。夜中だったから、普通なら眠ってたでしょうね」

「どうしてそんなことに……」

「分らないわ。ともかく今は身を隠してるの。あの子を捜したいけど……」

「力になります。――私に何ができるか分らないけど」

「じゃあ……以前、ピクニックに行ったときに、朝早いからって一泊した宿屋、憶えてる？」

「ええ、憶えてます」

「そこに、夜、来られる？　暗くなってからの方がいいわ」

「分りました」

「じゃ、十時過ぎに」

「はい。この電話——」

「前のケータイは捨てたわ。これは新しいから」

「了解しました。金谷さん、用心して下さい」

「ええ。でも——麻美のことが心配で」

「きっと大丈夫ですよ！　麻美も私と同じで運動神経いいし」

「ありがとう、エリちゃん」

——エリは通話を切って、それから思い出した。

「あの……話、聞いてました？」

「いやでも聞こえたわ」

と、亜由美が言った。「お友達が——」

「急に姿を消してしまって……」

亜由美は肯いた。

「すみません、忘れて下さい」

「そういうわけには……。今の電話は……」

「姿を消した友達のお母さんです」

「焼けたって——」

「ええ、家が放火されたらしいって。あの、あなたにも危いことが……」

「あなた、陸上部だって言ったわね」

「ええ」

「もしかして、お友達も?」

「そうです」

亜由美は、ちょっとの間、エリを眺めていたが、ケータイを取り出すと、写真を捜して、「もしかして……」

と、エリに見せた。

エリがアッと声を上げた。

「麻美です! どうして……」

「黙って。——あなたを突き落とした人間がその辺にいないとも限らない」

「ええ……。あの……」

「心配しないで。お友達は生きてる。元気よ」

「良かった！」

「ともかく家に来て」

「お宅に？」

「ええ。〈塚川秋〉ちゃんに紹介するわ」

「誰ですか、それ？」

「今の写真の子」

エリはわけが分らず呆然《ぼうぜん》としていた。

亜由美はタクシーを停《と》めると、エリを乗せて、自宅へと向った……。


「麻美！」

エリは、一目見るなり、泣き出しそうになって、その少女へと駆け寄った。「良かった！　生きてたんだ！」

と、ギュウギュウ抱きしめる。

「あ……。苦しい……」

「ごめん！」

その光景を見ていた亜由美は、

「〈塚川秋〉ちゃんは儚《はかな》い存在だったわね」

と言った。

「ごめんなさい。——思い出せない」

と、〈秋〉が言った。「あなた……友達？」

「麻美……。この親友を忘れたの？」

「今は仕方ないんだ」

と、殿永が言った。「溺れて、一旦は死にかけたんだからね。しかし、本当の名前が分ったんだ。時間がたてば思い出す」

「ともかく、生きてて良かった」

エリは涙を拭いて、「そうだ！　麻美のお母さんにも知らせてあげなきゃ」

「それは待って」

と、亜由美は言った。「知らせれば、すぐにも会いたいでしょう。でも、今は一体裏に何があるのか、探らないと。今夜、金谷さんにあなたが会うときに教えてあげましょう」

「しかし、妙な話だ」

と、首をかしげたのは、塚川貞夫。「うん、女王の座を巡っての争いかもしれんな」

「お父さんの話はややこしくなる」

と、亜由美は言った。「ともかく、無事身許が知れて良かったわ」

「しかし、喜んでばかりはいられませんよ」

「どうして、殿永さん？」

亜由美の知らせを聞いて駆けつけて来た殿永だったが、

「考えてみて下さい」

と、一同の顔を見回して、「まず、ここにいる金谷麻美さんが、濁流へおそらくは誰かの手で突き落とされた。命があったのは奇跡のようなもの。そして、自宅は放火された。加えて、今回、堀口エリさんが命を狙われた——」

殿永は少し言葉を切って、

「——お分りですか？　これはただごとではない、と思わなければ。——ともかく様子がつかめるまで、麻美さんはこちらでご厄介になって下さい」

「そんなに色んなことが……」

話を聞いて、麻美が目を丸くするばかりだった。

「私も誰にも言わない」

と、エリが言った。

「でも、どういうことなの？」

と、亜由美は言って、「この子たち、ごく普通の高校生じゃないの」

「そうです。だからこそ、なぜ狙われたのか、慎重に調べないと」

「でも、どうやって？」

「一つ、手がかりがあります」

「というと……」

「焼けた金谷さんのお宅の隣りに住んでいる女性です」

「あ、そうか」

「こちらの娘さんを見たとき、知らないと言っていましたね。あり得ないことです」

「じゃ、誰かに言い含められていた、ってこと？」

「そうです。それも、あのときの様子では、麻美さんが記憶を失っていることも承知していたのでしょう」

そう考えると、殿永が亜由美の所に麻美を預けることにしたのも分る。誰かが金谷麻美の行方を捜しているとしても、まさか縁もゆかりもない家にいるとは思うまい。

「じゃあ、そのお隣さんをとっちめに行きましょう！」

と、エリが拳を振り上げんばかりに言った。

「そこは私に任せて」

と、殿永が穏やかに、「向うはまだこっちが気付いていることを知らない。あの女性が誰と接触するか、監視しましょう」

殿永の言葉は理に適《かな》っていた。亜由美たちも納得していた。

しかし、それでも——向うが理屈通りに動いてくれないことはあるのだ。

細身の黒いコート姿が、街灯の灯《あか》りの下にあった。

黒岩靖代は、足早にそっちへ近付いて行った。

「どうした」

と、男は言った。「十五分も過ぎてるぞ」

「だって……。いやですよ、こんな寂しい所で、なんて」

と、黒岩靖代は周囲を見回した。

川からの遊歩道は、もう夜風も涼しく、人影がない。

「人目のある所で金が渡せるか」

と、男は言った。

「その気になりゃ……。ちゃんと用意していただいたんでしょうね」

「ここにある」

と、男はコートのポケットを軽く叩《たた》いた。

「あんまり欲を出すなよ」

「あんたにゃ、日々お財布の中を覗いちゃ、あといくら残ってるか、数えてる人間のことなんか分らないでしょ」

と、靖代は言った。「亭主のこしらえた借金を返さなきゃならないんです。でも、お礼をいただいたって、その返済で消えます。一旦借金しちまうと、底なし沼みたいなものでしてね」

「そっちの経済事情まで知るか」

「早くお金を。——近くで知り合いが待ってるんです」

「何だと？」

「万が一ってことがありますからね。さっきこっそりあんたを写真にとって、知り合いのケータイに送っときました。私に万一のことがあったら、その知り合いが警察へ届けてくれます」

男は鼻で笑って、

「ミステリーの読み過ぎか、ＴＶのサスペンス物を見過ぎたのか。そんな出まかせを言っても——」

靖代がケータイを手にして、

「これでも？」

と、男を撮った写真を見せた。

「貴様——」

男が本気で怒った声を出すと、靖代は素早く二、三歩離れて、

「ちゃんと送信済になってるでしょ。嘘じゃありません」

「——分った」

男は厚みのある封筒をコートのポケットから取り出した。「さあ、持ってけ」

「そこのベンチの上に置いて下さい」

「何だと？」

「置いて、立ち去って下さい。あんたがいなくなったら、いただきます」

男は苦笑して、

「貴様にゃ負けた」

と言うと、封筒をベンチの上に投げ出した。

「それじゃ、どうも」

男は黙って肩をすくめると、足早に立ち去った。

靖代はベンチから封筒を取り上げると、中を確かめ、バッグへしまって、小走りに反対の方へと急いだ……。

6 先輩

堀口エリは、軽くグラウンドを一周した。

校舎の方から見えない辺りで、亜由美が待っていた。

「連絡ありがとう」

と、亜由美は言った。「ドン・ファンも一緒よ」

「麻美の命の恩犬ですね。——ドン・ファン、私のことも守ってね」

エリが頭をなでると、ドン・ファンはウットリした表情になった。

「急に陸上部を集めたの？」

と、亜由美が言った。

「そうなんです。今、テストの前で、クラブ活動は来週まで休みなんですけど、今日、急に陸上部は放課後に残れ、って」

「その先生が怪しいのね？」

「松永っていうんですけど、麻美のこと、きっと何か知ってます」

と、エリは言って、「あ、今出て来た。あのトレーナーのが松永です」

「待って。私は隠れて見てるわ」

エリは軽やかに走って、松永のそばへ他の部員と共に集まった。

「急に声をかけたのは、大事な話があったからだ」

と、松永は言った。

いやに上機嫌だ、と誰もが首をかしげ、顔を見合せた。

「今、お前たちの先輩がここへみえる。陸上部で活躍したんだ」

エリは、びっくりした。校舎の方から、TVカメラやマイクを手にした、TV局のクルーらしい男たちが数人やって来たのだ。

そしてTVカメラでエリたちを撮ると、レンズがゆっくりと横を向いた。

派手な赤いトレーナーの女性が走って来る。

「あ……。神西みどりだ！」

と、一人が言った。

神西みどり。人気のあるTVニュースキャスターだ。

「先生、あの人が？」

「ああ、彼女はこのN女子高陸上部にいたんだ」

松永は得意げに言った。

「皆さん、こんにちは！」

と、神西みどりはにこやかに手を振った。「だめだわ。運動不足で、ちょっと走ると息が切れて」

一体、何の用で来たのだろう？　――部員たちはキョトンとしていた。

「今、私は今度のオリンピックのための準備委員会のメンバーなの」

と、神西みどりは言った。「委員長の結城先生は、今度のオリンピックに、若い人のエネルギーが必要だとおっしゃってる。それも皆さんのような、高校生の力がね」

「光栄なことだぞ」

と、松永が言った。「このN女子高陸上部から、聖火リレーのランナーを出そうということになった！」

さすがに驚きが走った。

「今、聖火リレーはどのルートを通るか、まだ決ってないの」

と、みどりが言った。「でも、この地区を通ることは間違いない。そして、一人当り五百メートルか一キロを走ることになる。——この陸上部から、ぜひ一人、N女子高を代表して、聖火リレーのランナーを出してほしいの。私が特にお願いして、結城先生の了解を取ってある。分った？」

でも——誰か一人？

エリは黙っていた。クラブでは先輩が絶対だ。陸上部から一人、ということになれば、当然三年生の誰かになるだろう。

「聖火リレーのランナーは、走る姿が美しくなきゃいけないの」

と、みどりは言った。「それで、今からこのトラックを二、三周走ってもらって、TVカメラで撮る。走ってる姿が美しい人を、映像を見て決めることにしたのよ」

部員たちが、

「前もって言ってくれりゃ、美容院に行ったのに！」

「もっとダイエットしとくんだった！」

と、騒いでいる。

「よし。ともかく、軽く準備運動をしろ。それからトラックを走る。いいな！」

走る姿。——エリは手を上げて、

「先生」

「何だ？」

「陸上部で一番走る姿がきれいなのは、金谷麻美です」

松永の顔がこわばった。

「金谷はもういない。知ってるだろう」

「でも、どこへ転校したか分れば——」

「その話はやめろ。——いいか、みんな、きれいなフォームで走るんだぞ！」

エリは、他の部員たちと共に、軽く体を慣らして、

「よし！　じゃ、一斉にスタートだ！　長距離走だぞ」

合図で一斉に走り出す。

エリも、気は進まなかったが、自分のペースで走り出した。

少し行くと、笑い声が起った。

エリは振り向いて、びっくりした。

すぐ後を駆けて来ているのは——ドン・ファンだった……。

「いっそ、そのダックスフントに聖火リレーやらせたら?」

という声にドッと笑いが起った。

堀口エリは、軽く息を弾ませていた。

陸上部全員で、トラックを四周した。

みんな汗をかいている。このところ走っていなかったから、やはり息が切れる。

ドン・ファンは適当に途中で切り上げて、トラックの外で見物していた。

もちろん飼主の亜由美が苦笑しながら遠くで見ていたのである。

松永と神西みどり、それにTV局のクルーが、今の走りをモニターで見て、話し合っているようだが、その話は聞こえて来ない。

エリは初めから期待していなかった。麻美のことをしつこく訊いて、松永を怒らせている。まず、エリを選ぶことはないだろう。

それに、エリはもともとオリンピックに限らず、イベントに熱中するという性格ではないのだ。その点は麻美も同じである。

走ることが好きだから走る。——結果、優勝するかどうかはその時次第である。

私立高校としては、生徒が全国大会などで一位になれば、宣伝になるということもあって、校長が激励したりする。

でも、麻美もエリも、そのために勉強や趣味を放り出すことはない。その辺も、松永を苛《いら》つかせる理由かもしれない。

エリがドン・ファンの頭を撫《な》でていると、

「よし！　みんな集まれ！」

と、松永が大声で呼んだ。

エリはことさらのんびりと歩いて行った。

「皆さん、ご協力ありがとう」

と、神西みどりが言った。

神西みどり当人は走らないのかしら、とエリは思った。聖火リレー。目立つし、やりたがりそうだが。

「今、松永先生とスタッフと一緒に、みんなの走りを見せてもらいました」

と、みどりは続けた。「その結果、二人を候補に選びました。実際の聖火リレーは一人だけになると思いますが。――ええと、一人は三年生の大町香《おおまちかおり》さん」

やっぱりね、というところだ。

大町香は三年生で陸上部の部長。松永のお気に入りでもある。しかし、エリの目では、とても「美しい走り」とは縁遠い。

「もう一人は――」

と、みどりはメモを手にして、「ええと……二年生の堀口エリさん」

――え？　聞き間違え？

エリが呆気《あっけ》に取られていると、他の部員の間から拍手が起った。

エリはさすがに頬を染めて、

「堀口さん、どこ？」

と、みどりが呼ぶと、

「はい」

と、手を上げた。

「よし、二人、前に出ろ」

と、松永が言った。

どうして？　こんなことって……。

戸惑いながら、エリは大町香と二人、前に出た。

「どっちもすてきだったわよ」

と、みどりが言った。「後は、松永先生のご意見もあると思うけど……」

「いや、そっちで決めてもらっていい」

と、松永が言った。

「私じゃなくて、ぜひお二人に結城先生に会っていただきましょう」

と、みどりは言った。

結城って……。あの政治家の？　エリは耳を疑った。

TVのニュースを見ていれば、結城の顔ぐらいはいやでも憶《おぼ》える。もうずいぶん年寄りだが、政界ではかなりの「大物」と言われていることは知っていた。

特に今度のオリンピックは結城の個人的な思い入れが強くて、新聞や雑誌で、

「結城広政は、オリンピックを自分の最後の花道にしたいのだ」

と批判されている。

それにしても、オリンピックという大イベントのトップにいる政治家が、こんな高校の陸上部のメンバーと会うなんて……。

しかし、三年生の大町は、感激に顔を真赤にして、

「ありがとうございます!」

と、上ずった声を出していた。


「凄いじゃないか!」

何度そう言われたことだろう。

大町香は、その都度、

「まだはっきり決ったわけじゃないから」

と言うのだが、元はといえば、香自身が両親に電話で、「聖火リレーの走者になりそう」と知らせたせいだ。

「二年の堀口エリも候補なんだよ」

と言っても、父親は、

「そりゃお前、先輩を立てるのが当り前だろう。しかもお前は部長なんだからな」

と、自分が決めると言わんばかり。

学校の友人たち、親戚にも、夜までには聖火リレーの件は知れ渡っていた。

実際、香もエリが「当然先輩に譲るだろう」と思っていた。エリが辞退すれば、香で決りだ。

お風呂に入りながら、香はつい歌など歌っていた。

聖火を手に、沿道の人たちの拍手を受けながら走る自分の姿が目に見えるようだった……。

お風呂を出て、パジャマで部屋に戻ると、ケータイが鳴った。

「はい」

「大町か」

「あ、先生」

松永だった。

「神西みどりから連絡があった。明日の夜、結城さんに会うことになってるそうだ。ちゃんとした服装で行けよ」

「分りました。——あの、先生も一緒ですか？」

「ついて行くが、どこかで待ってることになるだろうな」

と、松永は言った。

「緊張するな。どこへ行くんですか？」

「さあな……」

と言って、松永は少し黙ってしまった。

「もしもし？」

「──大町」

と、松永の口調がガラリと変って、「お前……分ってるか？」

「え？　何のことですか？」

「いや……。やめとこう。俺の口からは言いたくない」

「いやだなあ。気になるじゃない。先生、何のことですか？」

「うん……。お前、今日のことを、家で話したのか？」

「ええ。いけませんか？」

「そうか……。じゃ、他にも知ってる者がいるんだな」

「たぶん……」

「しかしな……。お前は選ばれない」

松永が断言したことで、香はショックを受けた。

「そんな……。どうして？」

「こんなことは言いたくないが……。公平に見て、お前と堀口と、どっちが可愛《かわい》い？」

香は言葉が出なかった。松永は続けて、

「なあ、結城さんも男だ。しかも、神西みどりが大のお気に入りだと言えば、好みは分るだろう」

「先生……」

「走る姿も、残念だが堀口の方がフォームがきれいだ」

「じゃあ――どうして私を候補にしたの？」

と、腹が立って来て、香は文句をつけた。

「そりゃ、お前が三年生で部長だからだ」

と、松永は言った。「お前を無視して、二年生の堀口だけを選ぶわけにいかない」

「だけど、落とされたら、もっとひどいじゃないですか」

「ああ……。実はな、堀口に話をした」

「エリに？」

「うん。ここは先輩を立てて、辞退してくれないか、と。そうすれば、お前が自然に選ばれる」

「エリは……」

「絶対にいやだと言った。結城さんが部長を選べばともかく、自分からは降りません、とな」

「そうですか……」

香は青ざめた。両親から話はあちこちに広がっている。

今になって、そんな……。

「だから、あんまり人に言わない方がいい」

と、松永は言った。

もう遅いよ！　香は叫びたかった。

「まあ、堀口が、大けがでもすれば……。だが、本番までは時間がある。少々のけがぐらい、堀口はこらえて結城さんに会いに行くだろうな」

そうか。――万一、骨折したところで、本番までには回復するだろう。

エリ……。私に譲って！

「もちろん、結城さんがお前の方を気に入ることだってあるだろう。諦めるな」

「ええ……」

「それだけだ。じゃ、明日な」

「はい」

切れた。——香は、手の中のケータイを見ていた。

すぐに、またケータイが鳴った。

出てみると、神西みどりからで、明日、午後に学校を早退して、結城に会いに行くということだった。

服装のこと、向うへ行ってからの予定……。色々聞いても、香はほとんど忘れてしまった。

「じゃ、明日迎えに行くから」

みどりは明るく言った。

私じゃないのだ。——私はただの「数」に過ぎなかった。

香はベッドに寝転った。

もし——もし、エリが辞退したら。

でも、その気はないと松永に言ったのだ。
後は――大けがをする。
明日、結城に会いに行けないくらいの大けがをすれば……。
「無理だ」
と、香は呟《つぶや》いた。
そんなに都合よく、エリがけがをするなんて、あり得ない。
あり得ない？　そうだろうか。
もし。――もし、本当に、エリが……。
香の頭の中で、その言葉が何度もクルクルと巡った。

7 距離

「エリ、頑張って！」

と、クラスメイトが声をかける。

エリは何も言わずに微笑《ほほえ》んで見せるだけだった。

だって、どう答えようがあるだろう。いくら「頑張って」も、選ぶのは向うだ。

正直、エリは学校へ出て来て、朝からずっと居心地《いごこち》が悪かった。

ゆうべ神西みどりから電話をもらって、「今日政治家の結城先生にお会いするのだから、服装はできるだけ華やかにね」と言われた。

そんなこと、聖火リレーと何の関係もないだろうと思ったが、そうも言えず、

「分りました」

と答えた。

いつもと違う服装で行くのだから、母親にも理由を話さないわけにいかない。

「どうして言わないのよ！」

と、母親はびっくりしていたが、

「たぶん、三年生が選ばれるから。——期待しないでね」

と、エリは言った。

それでも、学校へ来ると、できるだけ地味なワンピースにしたものの、目立つことに変りはない。

午後には早退して、結城に会いに行くことになっている。——まあ、公認でサボれるのは嬉《うれ》しかったが。

昼休みになると、クラスの子たちが次々に声をかけてくる。エリは面倒くさくなって、ケータイを手に教室を出た。

「聖火リレーか……」

と呟く。

思いもかけなかった話だ。

もちろん、エリだって、聖火リレーの走者に選ばれて、この学校の前を駆け抜ける自分の姿に憧れないわけではない。

もし結城に選ばれたら、辞退しようとは思わない。

でも、本当なら——。そう。麻美の方がその役目にふさわしい。

ケータイが鳴った。

「はい」

「エリ？　大町香よ」

「あ、部長。何か？」

「ね、ちょっと話があるの。体育館の裏に来てくれる？」

「今ですか？　分りました」

どうせ午後には一緒に出かけるのに、と思ったが、先輩に言われれば仕方ない。

エリは足早に校舎から渡り廊下を辿《たど》って体育館裏へ向った。

体育館では、何人かの子がバスケットボールをやっている。駆け回る足音と、ボールのはねる音が響いていた。

体育館の裏、なんて……。

「内緒の話って感じね」

と、エリは呟いた。

「部長」

エリは、ちょっとびっくりするくらい派手な服装の香を見て、「すてきですね」と言うしかなかった。

「エリ。ずいぶん地味だね」

と、香が言った。

「だって……一応学校に行くんだし、と思って」

と、エリは言った。「何ですか？」

「分ってるよね」

と、香は言った。

「え？」

「今日の話。後輩のあんたは辞退するでしょ？」

当り前、という口調で言われたのが、エリにも面白くなかった。

譲ってもいい、という気持もあったが、それを香から言われると、素直に「はい」とは言えなかった。

「でも、選ぶのは結城さんでしょ？」

と、エリは言った。

「そりゃそうだけどさ」

と、香は言った。「でも、もしエリが選ばれたとしても、当然辞退するよね」

「部長……。そんなの変ですよ」

と、エリは言った。

「変？　私のこと、変だって言うの？」

香の口調がガラリと変った。

「そうじゃなくて――」

「分ってる。あんたは馬鹿にしてるんだよね、私のこと。自分の方が可愛い、って思ってんでしょ」

「先輩……」

「ゆうべ何回鏡を見た？」

「何の話ですか？」

「私は可愛い、って見とれてたんでしょ？　あんな部長なんかより、私の方がずっとずっと可愛いってね」

「どうかしてますよ！　戻ります！」

と、エリは香に背を向けた。

「終ったわ」

と、神西みどりは立ち上って伸びをした。

「もう今日はフリーなの？」

と、一緒に机を並べていたコメンテーターの女性が訊いた。

「ゆうべ二時間しか寝てないの」

と、みどりは欠伸《あくび》をして、「――本番中に欠伸が出たらどうしようかと思った」

「働き過ぎよ。まあ、あなたはこの局の看板キャスターだものね」

「やめてよ。身分はただのアナウンサー。お給料だって、ちっとも良くない」

みどりは台本を閉じて、「帰って寝るわ」

「おやすみなさい」

「おやすみ」

二人で笑い合ってから、みどりはスタジオを出て、控室へと向った。

「お疲れさま」

と、何人かと声を交わす。

みどりは控室のドアのノブに手をかけて、廊下をチラッと見回すと、素早く隣の部屋へ入った。

「待った？」

「モニターを見てたよ」

と、椅子から立ち上った男が言った。「少し目の下にくまが出てたよ。ほとんど気付かないくらいだけど」

「こき使われてるの。同情してよ」

みどりは飛びつくように、男に抱きつき、唇を押し付けた。

男は古賀圭介《こがけいすけ》。何が特技というわけでもないが、バラエティ番組などに「手軽で重宝されている」タレントである。

みどりと大学が一緒で、TV局で偶然出会った。「波長が合う」というのか、アッという間に恋人同士になったが、みどりはまだキャリアが乏しく、二人の仲は秘密にしなくてはならなかった。

そして二年、みどりはこの局の「顔」と言われるようになり、古賀もそれなりに売れ始めて、二人は結婚の予定を立てはじめたところだった。

「決心がついたかい？」

と、古賀は言った。

「ゆうべも、色々考えてる内に、眠れなくなっちゃった」

と、鏡を見て口紅を直すと、「このままじゃ、不眠症で倒れる」

「それなら決めて公表しようよ」

と、古賀が後ろから抱きつく。

「ちょっと！　服が……。私だって、隠しとくのに疲れちゃったわ」

迷っているのは、オリンピックのせいだった。

「オリンピックの後に」

ということになれば、二人の間がどうなるか……。

結城に気に入られ、何かと引張り出されるみどりは、オリンピックに向って、どんどん忙しくなるに違いなかった。そうなれば、古賀と会っている暇など、ほとんどなくなる。

婚約発表するか、あるいは結婚してしまうのなら、今がぎりぎりのチャンスだった。

「だけど……もし妊娠したら、オリンピックどころじゃなくなる」

「いいじゃないか。他にアナウンサーはいくらもいる」

しかし、今みどりのいるこの局がオリンピックの中継などで有利なのは、みどりが結城に気に入られているせいだ。局の上層部が黙っていないだろう。

「ねえ……。もちろん、オリンピックよりあなたの方が大事よ。でも、あなただって、まだ人気が安定してないし……」

「それを言われると辛《つら》いね」

と、古賀が苦笑した。

「ごめんなさい！　そんなつもりじゃないのよ」

みどりはもう一度、古賀にキスした。

廊下で、

「おい、みどりちゃん！　いるのか？」

と、声がした。

隣の控室のドアを叩《たた》いている。

「部長だわ！」

　みどりはあわてて鏡を覗《のぞ》くと、「顔出さないでね！」

と、古賀に言って、急いで部屋を出た。

「何だ。そっちにいたのか」

「ちょっとお化粧直したくて。――何か？」

「ロビーに下りてくれ」

「玄関の？」

「結城先生がみえる」

「え？　そんな予定がありました？」

「知らんよ！　ともかく、あと五分で着くと車から電話があった。結城先生はお前がいなきゃ話にならん」

「分りました」

　みどりはアナウンサー室へと走った。台本を机の上に投げ出すと、急いで玄関ロビーへ。エレベーターは遠い。階段を駆け下りた。

「何なのよ、一体……」

午後、例の女子高生を連れて行くことになっているのに……。

しかし、そんな文句を言える相手ではない。

ロビーへと廊下を駆け抜ける。

間一髪、ロビーへ着くと、ちょうど車が玄関前に停《とま》ったところだった。

「先生！　びっくりしました」

と、玄関を出て迎える。

「ああ、さっきニュースに出ていたな。車の中で見た」

と、結城は車を降りると、「その服の色は似合わんぞ」

「え？　そうですか？　スタイリストが決めるので」

「センスが悪い。そいつを替えろ。お前の良さを分っとらん」

そう簡単に言われても……。しかし、どうせ結城はすぐ忘れてしまうのだ。

「かしこまりました」

と、みどりは一礼して、「上司に伝えます」

「うん、そうしろ」

中へ入ると、結城は、「おい、桐谷《きりたに》を呼べ」

と言った。

みどりは一瞬返事ができなかった。

桐谷はこの局のナンバー2で、毎日ここへ出勤しているわけではない。

「すぐ呼びますが、局内にいるかどうか……」

「待ってるからいい」

「はい！」

みどりはそばにいた男性社員に目配《めくば》せした。

「先生、応接室へどうぞ」

「うん？　ああ、少し腹が減った。ここの食堂でラーメンでも食おう」

と、結城が呑気《のんき》に言った。

「はい、塚川です」

亜由美はケータイにかかって来た電話に出た。

「あの――私、堀口エリのクラスメイトなんですけど」

「エリちゃんの？」

「塚川さんのケータイ番号、聞いてたんです。もし何かあったら、って」

「エリちゃんに何か?」

「それが……。今日、エリは松永先生と一緒に、何とかいう政治家に会いに行くことに――」

「ええ、知ってるわ。三年生の子も一緒でしょ?」

「そうなんですけど……。おかしいんです」

「どうして?」

「エリ、昼休みからいなくて。教室に戻って来てないんです。それでさっき、窓から松永先生が出かけていくのが見えたんですけど」

「それで?」

「タクシーに、松永先生と三年生の大町さん、二人だけが乗って行ったんです」

「二人だけ? 確か?」

「ええ、本当です。エリのことが心配で」

「すぐそっちへ行くわ」

――亜由美は通話を切ると、家を飛び出した。

つまり、亜由美は大学をサボっていた、ということなのだが、今はそれどころではない。

――高校へ着くと、女の子が玄関で待っていた。

「電話くれたの、あなた？」

「ええ、そうです」

と答えて、「あ、その犬、塚川さんのですか」

ドン・ファンがついて来ていたのだ。

「エリちゃんは？」

「いません」

と、その女の子は言った。「授業サボって来ました。エリのことが心配で」

「偉い！」

と、亜由美はその子の肩を叩いて、「友情より大切なものはない」

「そうですよね」

「ドン・ファン、あんたの鼻で、探し当てなさい」

「ワン」

と、珍しく犬らしい声を上げたドン・ファンだった。

「これ、エリの持ってたハンカチです」

「ありがとう」

ドン・ファンににおいをかがせる。——ドン・ファンは一旦教室へ行くと、そこから駆け出して行った。

亜由美たちがあわてて追いかける。

「体育館だわ」

「体育の授業じゃないでしょ?」

「ええ、今日はありません」

しかし、ドン・ファンは体育館の前を通り過ぎて、外側を回って行く。

「体育館の裏?」

亜由美が不安げに、「まさか……」

ドン・ファンが足を止めた。

雑草の枯れた地面に、エリがうつ伏せに倒れていた。

「エリ!」

「エリちゃん！」

亜由美は駆け寄ると、エリを抱き起こした。

「気を失ってる。救急車を呼んで！」

「はい！」

と、女の子が駆けて行った。

エリが呻《うめ》き声を上げて、身動きした。

「エリちゃん！　しっかりして！」

「亜由美さん……」

「どうしたの、一体？」

「大町先輩が……。どうかしちゃってるんです。私を殴って、この服、引き裂いて……」

エリの服があちこち引き裂かれている。

「私を……行かせないように……」

「聖火リレーの話？　でも、こんなことすれば、それどころじゃないことぐらい分るのに」

「おかしくなってるんです。大町さんも、先生も……」

「ともかく、無事で良かった。——けがは?」

「私、石頭だから」

と、エリが言うと、ドン・ファンがエリの手をペロリとなめた。「あ、ドン・ファン、来てくれたんだ……」

「クゥーン……」

と、今度はいつもの声で甘えるドン・ファンだった……。

8　背信

「視察……ですか」

と、ＴＶ局の取締役、桐谷が言った。

「そうだ。今まで、準備のための視察はしたが、実際の開催に向けて、もっと詳しい視察が必要だ。分るな？」

と、結城に言われて、「分りません」とは言えない。

「それはもちろん、おっしゃる通りでございます！」

「分っておればいい」

と、結城はソファにゆったりと寛《くつろ》いだ。

「それで、先生、視察というと、どの程度のものをお考えですか？」

と、桐谷が恐る恐る訊いた。

「そうだな、できるだけ具体的な知識が必要だ」

食堂でラーメンを食べて、結城は満足すると、この応接室へやって来た。

一緒にいるのは、もちろん神西みどり。ラーメンを食べて、「まずい！」と怒りだしたらどうしよう、と気が気ではなかった。

応接室でコーヒーを飲みながら、

「まあ、大体二百名くらいかな」

と、結城が言った。

「二百人……ですか」

「うん、人選はこれからだが、何しろ国家的大イベントだ。ケチなことを言って、悪評を招いてはいかん」

「はあ……」

桐谷は何とも言いようがない様子で肯《うなず》いた。

「期間としては、前回のオリンピック開催地と、できればその前の開催地も回りたいからな。それぞれの各施設を見て回り、関係者の話を聞くとなると……。まあ、一か月……。お互い忙しい身だ。二十日くらいで切り上げることにするか」

「しかし、先生……。それはかなりの費用が必要ですね」

桐谷の言葉に、結城はちょっと眉を上げて、「天下のSテレビが何を言っとる。オリンピックだぞ！　スポンサーからいくらでも金が集まるだろう。二百人くらいが何だ」

と言った。

桐谷の口が閉じなくなった。

「あの……先生、その視察の費用を……」

「もちろん、お前のところで出すのだ。分り切っとるじゃないか」

「は……」

二百人が二十日間……。飛行機と宿泊費だけで膨大な額になる。

「先生……」

さすがにみどりも上司の胸中を思いやって、「オリンピックなんですから、国のお金で行かれては？」

「馬鹿言え」

と、結城はアッサリと、「税金のむだ使いと言われるに決っとる。今でも、オリンピック開催に反対するけしからん奴《やつ》らがおるのだからな」

「あ、ちょっと用を思い出して……。神西君、一緒に来てくれ。先生、すぐ戻りますので」

と、桐谷が立ち上る。

「ああ、構わん。みどりさえ戻ってくればいい」

と、結城は笑った。

桐谷とみどりは応接室を出ると、顔を見合せた。

「おい、みどり」

「桐谷さん……」

「とんでもない！　二百人で二十日間だぞ！　一体いくらかかるか……」

「そうですね。でも、無理だとは――」

「そこをお前がうまくやれ」

みどりは目を丸くして、

「私がですか？」

「結城先生の気持を変えられる人間は、お前しかいない。ご機嫌をそこねないように、うまく話すんだ。今、うちに、そんな金はとてもない」

「でも、何と言えば……」

「知るか！　それを考えるのがお前の仕事だ！」

みどりはムッとして、

「私、アナウンサーです！　バーのホステスじゃありません」

と言い返した。

桐谷も言い過ぎたと思ったのか、

「すまん」

と肯いた。「しかし、一旦、『分りました』と言ってしまったら終りだ」

「でも……」

「何とかして……。な、結城先生を誘惑してでも、うまく話せ」

「先生、八十歳ですよ」

「いくつになっても、若い女が好みなんだ。うまくやってくれ！」

桐谷は逃げるように行ってしまった。

「もう……勝手なんだから！」

と、みどりは口を尖《とが》らした。

「どうしたんだ？」

という声に、びっくりして振り向くと、

「古賀さん……。聞いてたの？」

「何だか、大変なことになってるみたいだな。——大丈夫か？」

「とんでもない話で……。あ、ごめん」

ケータイが鳴った。「——もしもし。——あ、どうも。あのね、Sテレビに結城先生がみえてるの。こっちへ来て下さい」

N女子高の松永と女子高生たちだ。

結城は忘れているだろう。

「ああ……。どうしよう！」

「どうしたんだ？」

「こっちへ来て」

みどりは古賀の腕を取って、廊下の奥へと連れて行った。

「結城先生がとんでもないこと言い出したのよ」

話を聞いて、古賀も目を丸くした。

「そりゃ凄い！　何億円だろう、そんなことになりゃ」

「計算したくもないわ」

「いくら引退の花道でもな」

「少しわけが分らなくなってるんだわ。うちの局だって、何でも先生の言うことを、ハイハイ、って聞いて来たから……」

「どうするんだ？」

「分らないわよ……」

みどりは古賀に抱きつくと、「抱きしめて。――ね、キスして」

「誰か来たら……」

「構やしないわ。いっそ、視察旅行のときにハネムーンに行っちゃおうかしら」

「それもいいいな」

みどりは長々とキスをして、目の前の問題を忘れようとした。

しかし――。

視線を感じて、目を開けると――。

「先生……」

廊下に、結城が立って、じっとみどりたちを見ていた。

「すみません！」

と、あわてて笑顔になると、「あの……この人、私の婚約者で、古賀さんです。タレントで、今、売れて来てるんです」

と言った。

「どうぞよろしく」

と、古賀は会釈して、「じゃ、また……」

「うん、後でね」

古賀は足早に行ってしまった。

「あの……先生……」

「トイレはどこだったかな」

と、結城は言った。

「あ、その角を曲ったところで。ご案内します」

「うむ……」

みどりは先に立って、廊下を歩いて行った……。

「神西はこちらへ参りますので、少しお待ち下さい」

受付の女性が言った。

Sテレビの玄関ロビーで、松永と大町香は落ちつかない様子で立っていた。

「私、気に入ってもらえるかなあ」

と、香が言った。

「大丈夫さ。——俺もな、約束してもらってるんだ」

と、松永が言った。

「約束って？」

「あの神西みどりが頼んでくれた。オリンピックの陸上で審判をやらせてくれる。大変な名誉だ」

つい笑みがこぼれる。

「へえ、凄い」

そこへ、みどりがやって来た。

「ご苦労さま」

「ああ、どうも」

「あら、もう一人の子は？」

と、みどりが言った。

「あいつは辞退したんだ。ちょっと変った奴でな」

と、松永は言った。「結城さんは……」

「ええ、応接室に」

と、みどりは言って、「あら」

玄関に入って来たのは、K建設の蔵田だった。

「蔵田さん、何のご用で？」

「いや、結城先生に呼ばれた。至急来いと」

「え？　ここへ？」

「うん。用件はおっしゃってなかったが」

そのとき、ロビーの奥から、

「その前に、こちらの用がありますよ」

と、声がした。「殿永と申します」

「刑事か？　何の用だ？」

「望月《もちづき》という男、ご存知ですね」

「知らんね」

「妙ですな。あなたに雇われていると言っていますよ」

と、殿永は言った。「金谷さんの家に放火、隣家の黒岩靖代さんを殺害しようとして、失敗、逮捕されました」

「そんなこと、俺には関係ない！」

「ご同行願いましょうか」

玄関前にパトカーが数台集まっていた。

「どういうことですか？」

みどりが愕然《がくぜん》としている。

「我々の知らない話だ」

と、松永が言った。「結城さんの所へ――」

「待って」

と、女の子の声がした。

亜由美に伴われて、金谷麻美が殿永の後ろから現われた。

「麻美……」

と、香が目をみはった。

「ちゃんと思い出しましたよ」

と、麻美が言った。「ランニングしてた私を川へ突き落したのは、松永先生だった！」

「馬鹿言うな！」

と言いつつ、松永は青ざめていた。

「大町さん」

と、亜由美が言った。「あなたも、どうかしてる。堀口エリさんを殴って、ここへ来られなくしたり。自分のしたことを考えて」

「私……松永先生に言われてた……」

香は後ずさって、「偉い人がついてるから大丈夫だって」

「そうだとも！」

と、松永が声を震わせて、「結城先生が我々の味方なんだ！　な、神西」

そこへ、

「みどり！　何があった！」

と、桐谷が走って来た。

「桐谷さん、どうしたんですか？」

「結城先生が……」

結城がロビーへ入って来ると、

「車を呼べ」

と言った。

「先生……」

みどりが面食らっていると、

「もう二度とこのテレビ局に来ることはなかろう」

と、結城は冷ややかに言った。

「何ですって？」

みどりは唖然《あぜん》として、「それって私のせいですか」

結城はみどりを見ようとしなかった。

「――呆《あき》れた」

と、みどりは言った。「私のことを――自分の思い通りになる女だと思ってたんですね。視察旅行って言ったのも、私を愛人にして連れて行くつもりで……。冗談じゃない！」

みどりは叫ぶように言った。

「私には愛してる人がいるんです！　私は政治家のペットなんかになりません！」

「結城先生、どうぞ……」

と、桐谷はオロオロするばかり。

結城は蔵田へ、

「色々、プランを練り直そう」

と言うと、玄関を出て、車の方へと歩いて行った。

「何もかも、一から練り直した方が良さそうですな」

と、殿永が言った。

車に乗ろうとした結城の足下に、いつの間にかドン・ファンの姿があって、

「ワン！」

と、甲高く吠《ほ》えた。

ぎょっとした結城が二、三歩よろけたと思うと――その場に倒れた。

桐谷が駆けて行った。そして、

「先生！」

「救急車だ！　救急車を呼べ！」

という声が、ロビーに響き渡った……。


吸い込む朝の大気は一段と冷たくなっていた。

金谷麻美は、いつもの通り、土手の道へと駆け上ると、真直《まっす》ぐな道を走り始めた。

今日の川は、穏やかで静かだった。

日曜日だ。まだみんな眠っているだろう。

――とんでもない何日間かだったな。

松永先生は、前から聖火リレーの話を聞いていて、反抗的な麻美が反対すると思っていたようだ。

陸上部のメンバーが、自分の言うことを聞かない。――松永にはそれが許せなかったのだ。

蔵田という建設会社の社長は、オリンピック施設を手がけるために、他の企業と裏工作をくり返し、争っていた。望月というヤクザに、色々汚ない仕事をさせていたことが分っている。松永ともつながっていたらしい。

麻美の母も狙われたが、用心深かったので難を逃れたのだ。

「全く……」

と、麻美は呟いた。

スポーツは、それ自体に価値があるのだ。オリンピックなんて、一つの機会に過ぎない。そんなものに、人々が振り回されて、それのどこにスポーツの喜びがあるだろう。

結城が心臓発作で倒れて、この先どうなるか分らない。でも、もうどうでもいいことだ。

「あ……」

誰かが、少し前を走っていた。――追いつくと、

「おはよう」

神西みどりだった。

「今日、仕事は?」

「キャスター、降ろされちゃったの。でも、これでいい。まだまだアナウンサーとしても力不足だもの。これからよ」

「そうですね」

「でも――別れちゃった、彼と」

「え?　どうして?」

「すぐ誰か偉い人にすがろうとするから。あれじゃだめだわ」

麻美は笑って、

「すてきだな、みどりさん!」

「ありがとう」

二人は並んで土手の道を走って行った。

そして……。

「あ、ドン・ファン!」

いつの間にやら、二人の足下で、短い足をせっせと動かしているドン・ファンがいたのである。

少し先では、亜由美が——こちらは走らずに——手を振っていた。

二〇一七年十二月　実業之日本社刊

実業之日本社文庫　最新刊

赤川次郎
花嫁をガードせよ！
警察官の仁美は政治家をかばい撃たれてしまい、その怪我が原因で婚約破棄になりそう。捕まえた犯人は取り調べ中に自殺をしてしまい――。シリーズ第31弾
あ１19

梓林太郎
遠州浜松殺人奏曲　私立探偵・小仏太郎
静岡・奥浜名湖にある井伊直虎ゆかりの寺院で倒れていた男に名前を騙られた私立探偵・小仏太郎。謎の男の正体をさぐるが意外な真相が…傑作旅情ミステリー！
あ３14

安達瑶
悪女列車
間違って女性専用車両に飛び乗ってしまった僕。通勤電車、新幹線、寝台特急……機密情報入りのUSBを持って鉄路で逃げる謎の美女を追え！
あ８６

草凪優
知らない女が僕の部屋で死んでいた
眼が覚めると、知らない女が自宅のベッドで、死んでいた。女は誰なのか？　記憶を失った男は、女の正体を探る。怒濤の恋愛サスペンス！（解説・東えりか）
く６７

田中啓文
文豪宮本武蔵
剣豪・宮本武蔵が、なぜか時を越え明治時代の東京に。人力車の車夫になった武蔵だが、樋口一葉、夏目漱石らと知り合い、小説を書く羽目に…爆笑時代エンタメ。
た６５

津本陽・二木謙一
信長・秀吉・家康　天下人の夢
戦国時代を終わらせた三人の英雄の戦いや政策、人間像を、第一人者の対談で解き明かす。津本作品の名場面再録、歴史的事件の詳細解説、図版も多数収録。
つ２５

花房観音
秘めゆり
「夫と私、どちらが気持ちいい？」――男と女、女と女が秘める恋。万葉集から岡本かの子まで、和歌を題材にとった極上の性愛短編集。（解説・及川眠子）
は２６

本城雅人
代理人　善場圭一の事件簿
女性問題、暴行、違法な賭け事……契約選手をめぐる様々なトラブル解決に辣腕をふるう代理人の奮闘を活写。異色スポーツミステリー！（解説・佳多山大地）
ほ４１

睦月影郎
昭和好色一代男　再び性春
昭和元年生まれの昭一郎は偶然幽体離脱し、魂が孫の若い肉体と入れ替わってしまう。久々の快感を得たいと町へ出ると、人妻や処女との出会いが待っていた！
む２12

実業之日本社文庫　好評既刊

赤川次郎
恋愛届を忘れずに
憧れの上司から託された重要書類がまさかの盗難！新人ＯＬ・恭子は奪還を試みるのだけれど――。名手がおくる痛快ブラックユーモアミステリー。
あ1 10

赤川次郎
花嫁は墓地に住む
不倫カップルが目撃した「ウエディングドレス姿の幽霊」の話を発端に、一億円を巡る大混乱が巻き起こる!? 大人気シリーズ最新刊。（解説・青木千恵）
あ1 11

赤川次郎
忙しい花嫁
この「花嫁」は本物じゃない…謎の言葉を残した花婿がハネムーン先で失踪。日本でも謎の殺人が!? 超ロングランシリーズの大原点！（解説・郷原 宏）
あ1 12

赤川次郎
四次元の花嫁
ブライダルフェアを訪れた亜由美が出会ったのは、ドレスも式の日程も全て一人で決めてしまう奇妙な新郎。その花嫁、まさか…妄想!?（解説・山前 譲）
あ1 13

赤川次郎
哀しい殺し屋の歌
「元・殺し屋」が目を覚ましたのは捨てたはずの実の娘の屋敷だった。新たな依頼、謎の少年、衝撃の過去――。傑作ユーモアミステリー！（解説・山前 譲）
あ1 14

赤川次郎
演じられた花嫁
カーテンコールで感動的なプロポーズ、でも……ハッピーエンドが悲劇の始まり!? 大学生・亜由美に事件はおまかせ！ 大人気ミステリー。（解説・千街晶之）
あ1 15

赤川次郎
明日に手紙を
欠陥のある洗濯機で、女性が感電死。製造元のＫ電機工業は世間から非難を浴びる。そんな悪い状況から抜け出すため、捏造した手紙を出す計画を提案する…。
あ1 16

赤川次郎
綱わたりの花嫁
結婚式から花嫁が誘拐された。しかし、攫われたのは花嫁のふりをしていたアルバイトだった!? シリーズ第30弾、長編ユーモアミステリー（解説・青木千恵）
あ1 17

赤川次郎
幽霊はテニスがお好き
女子大生のさと子は、夏合宿のため訪れた宿で嫌な気配を感じる。その原因とは……。赤川ミステリーの魅力が詰まった全六編を収録。（解説・香山二三郎）
あ1 18

実業之日本社文庫 あ119

花《はな》嫁《よめ》をガードせよ！

2020年6月15日　初版第1刷発行

著　者　赤川《あかがわ》次《じ》郎《ろう》

発行者　岩野裕一
発行所　株式会社実業之日本社
〒107-0062　東京都港区南青山5-4-30
CoSTUME NATIONAL Aoyama Complex 2F
電話［編集］03(6809)0473［販売］03(6809)0495
ホームページ　https://www.j-n.co.jp/
ＤＴＰ　ラッシュ
印刷所　大日本印刷株式会社
製本所　大日本印刷株式会社

フォーマットデザイン　鈴木正道（Suzuki Design）

ISBN978-4-408-55591-1（第二文芸）